JN182415

天使の誘惑

新木正人

Shinki Masato

論創社

天使の誘惑●目次

Ⅱ

天使の誘惑

序

「私以外　私じゃないの」が流れているから闘病の記を書く。私的なことだ。「私を書く」というのは「私を書かない」というのと同じ。「私」って他者なんです、とランボーが言ったからではない。私的なことには実体が無いからだ。「私を書く」という傲慢高慢は、「私を書かない」という雲霧漂流と同義。私小説については知らぬが、逆に言えば、客観性は主観性に横すべりする。横すべりする、というより人間の存在の形態のある種の必然だ。いま猛威をふるう「人間原理」という考えかたは、人間の形態の本質的で身の震える、そしてやや安易な軋みである。

血流が悪い。ひどい不整脈だ。横になっていられない。縦になっていないと意識が遠のく。言葉を吟味できない。問題は闘病ではないのだ。病にはあと一度は勝つ。問題は、病んだ身が、山や川や海や雨や岩や湖といかに交換合歓できるのかということである。それも「私が生まれたよりももっと遠いところ」での交換合歓だ。九鬼周造。この人は量子力学の匂いがする。物質の質量を引き受けざるを得ない私たちにとって「在る」とはどういうことなのか。「在る」を感じる時、私は困惑する。その困惑を日本語で記そうとするともっと混乱する。日本語は長く文字を持たなかった。様々な理由があるのだろうが、「語り」とは違い、（文字に）意味が定義づけられることを恐れる気持ちがあったのではないか――とも思う。言葉がロゴスだとしたら、その言葉から仮構としての法則性を除きたい、という意志である。日本語には意味を捨てて意味とは別なあるイメージを手にしたいという言葉としての生理がある。むろん言霊などとは言わぬが、助詞助動詞が大切な日本語は限りなく「絵」もしくは「景色」に近い。パソコンどころかワープロも使えない、電話といったら糸電話という私の妄想かもしれないが。

「在る」という概念がわからない。「夢」に似ている。夢は思い出すのが難しい。はっきり思い出せるのが二十回に一回くらいか。直後は印象だけリアルだが時間が経つとほとんど消えてしまう。それでいいのだ。すべての夢を思い出せたらこんなにつらいこともないだろう。夢は最新の科学技術で再現できるらしい。脳細胞の電流を記録してどうのこうのという文章を読んだことがある。しかし、記録観測は万能ではない。本質的なズレがある。つまり人間の発想による記録観測には結果としての恣意性が含まれるということだ。唐突だが「在る」という概念は欲望を増長させる。科学と技術は本来別のものだったように思う。科学と技術をくっつけたのは人間の欲望だ。「無」について語りたいのではない。私は諦念には遠いひどく不様な人間だ。「在る」という概念がわからないの一言につきる。だいたい「概念」という概念がわからない。なんでもよいが、例えば実存主義という言葉の内に実存主義はないだろう。もし実存主義があるとしたらそれは実存主義という言葉の外にあるのだろう。そのための必死の営為として言葉がある。そう思ってしまう。「在る」でも「本質」でも「ロゴス」でも、それらは人間のある種の弱さ、怠慢、脱倫なのではないか。もちろん人間は弱い。弱いからいとおしい。そして私はこの上なく怠惰だ。しかし、万物の底に存在する理性的な法則、というのは人間人類の構えの中に潜む悲鳴のような軋みではないのかと思う。私の中に「在る」に代わる言葉はない。強いて言えば「流れる」だがそれも違う。「流れる」は美しいがいいかげんな言葉だ。日本語は逃げる。限りなく逃げるのだ。全部逃げてしまって助詞助動詞しか残らない。だから日本語で文章を書くというのは死ぬほどつらいことだ。助詞助動詞だけを書くしかないのだから。無（らしきもの）も有も含み、変化しながら流れるあり様の中で生命とは「間（ま）」のようなものなのだろう。「時」が添え物のようについてくる「間」だ。「間」がたまらなく恥ずかしいのだ。私は生まれたとき、一声も発しない赤子だった。一度も泣かない赤子だった。不健康な子だったのだろう。この七十年間、美しさや悲しさやうれしさや愛しさや辛さを随分感じてきたが、「興味」とか「好奇心」を感じたことは一切ない。

おそらく逆のことを書く。十代の頃から文学といえば更級日記であり建礼門院右京大夫集であり浜松中納言物語であった。最近のものといっても泉鏡花である。日本のある一面にどっぷりと浸ってきた。（更級日記に登場する）猫や、山や川や花や木や岩や湖や海と交互交換してみたかった。流れるものすべてと交互交換してみたかった。越境ではない。だってそこには境界などないのだから。高校時代まわりの仲間たちが読んでいるからという理由だけでサルトル、ヘーゲルなどをかじってみた。幼い頃、チルチルミチルの青い鳥あるいはイソップに強烈な違和を感じた私に理解できるはずもなかった。もちろん能力の無さが最大の理由だろう。何しろ通知表数学が「１」で英語が「１」だ。それに助詞がどうだ助動詞がどうだ係結びがどうだとかやっていたわけだから。それにしても見事に理解できなかった。私の文章は無内容で無駄に言葉が跳ねているだけだが、サルトルの言葉は有意義そうに跳ねている。デカルトの言葉は正しそうにそこにある。デカルトもヘーゲルも「在る」ということが前提だ。私に理解できるはずもない。当時私に理解できたと思えたのはニーチェの一部とショーペンハウエルだ。ショーペンハウエルは体が震えるほどおもしろかった。

　気にかかるのは次のことである。デリダの読まれかた。近代合理主義に疑念、合理主義の限界を鋭く突く、といった読まれかただ。一時言われたポストモダンだが日本にモダンなんてなかった。あったのはモダンもどきだけ。そしてモダンもポストモダンも本質的には経験せずいまはもっと〈先に?〉いっている。だからデリダの読まれかたは難しい。安易な読まれかたは困る。それからアインシュタイン。彼は確かに天才だが、彼のやりかたを形容詞と断ずる人がいてもよい。形容詞が正しいことも多いが形容詞がなにかを失ってしまうということもあり得る。それから量子力学だ。量子力学はおもしろい。ショーペンハウエルや伊勢物語と同じくらいおもしろい。ＡかＢか予測不能。規定できない。点でなく面あるいは流れで考える。気にかかることは他にもあるが、こういう主体的相対主義みたいなものは私のような人間にとってプラスに見えてプラスではない。私のことなどどうでもよいが、これは人間の誇りにかかわることなのだ。祈りにかかわることなのだ。合理には合理のすごさがある。デカルトにはデカルトのすごさがある。気にかかることに「人間原理」のカバーをして「はいおしまい」では不合理だって浮かばれやしない。気にかかることを集めると人間原理に行き着く。私は自身が合理主義でなく人間原理的発想が非常に強いぶんだけそう思う。ロゴスの真摯と誇りと祈りを軽視してはならぬ。それは私たちの助詞助動詞を軽視することと直結する。さっき申しあげた逆のことはこのことである。

戦艦「大和」はなぜ沈んだのか。どうしてああいう経緯をたどったのか。こだわりとして長くある。私の生まれる一年前のことだ。「中空の交差」という問題だと思っている。中空に定点はない。ズレはない。定点がないからどこでも定点になり得る。だから「大和」は沈んだと思っている。中空とは「日本浪曼派」のたたずまいだ。軋んでいるから軋まない、あのたたずまいだ。昔もいまも「日本浪曼派」に惹かれている。惹かれているぶんだけおそらくきちんと批判はできる。戦後初期にきちんとした批判をしたのは丸山眞男であった。そしてそれは外在的な批判であった。対象化した批判であった。ほぼ正確な批判ではあったが根こそぎの批判ではなかった。私は違和を感じた。きちんとした、正確な批判ではすむこととすまないことがあるという違和である。「日本浪曼派」を批判するには、浪曼派の内に徹底的に浸りきり、底にもぐり、身体を回転させ、内から根こそぎにしなければダメなんだと思う。そうでなければ形を大きく変えて拡散するだけだ。お前にそれができるのかと問われれば下を向くしかない。五十年経ってもほとんど何もできていない。病身が流れる山や川や岩たちと微かに感応しているだけである。

絵心ゼロの私にこんなことを書く資格などないだろうが、「物を作ることは自然な状態を不自然な状態にすること。そこまで立ち戻らなければいけないところに今来ているのではないか」という鴻池朋子の言葉はその通りだと思う。物を作ること以前まで立ち戻らなければいけない、とすら感じる。「浪漫」も「理性」もいま　ただそこにころがっているだけなのだ。西田幾多郎や伊福部昭に当時の軍部が接触をこころみたことがある。軍部から見たら必然だろうし、そのことで二人を責めようとは思わない。西田や伊福部の可能性を私は否定しない。しかし西田はつぎのようなことを語った。「いま西洋の思想が問われています。そして日本の思想も問われています。」うまい言いかたとは言うまい。微妙な言いかただ。微妙で間違った言いかただ。私は決して普遍主義者ではないが思想に西洋も東洋も日本もない。あるのは人類の思想だけだ。それがこの百年自己回転を続け、ただそこにころがっているということが問題なのだ。「流れ」は滞り「在る」はより傲慢に。世界のこのていたらくはいったい何なんだ。ＡＩの進歩?で人間の生存形態回転、ＩＱの急上昇（ジェームズ・フリン効果）、オバマケア法案のマイクロチップ埋め込み、遺伝子を含む身体拡張、こんなことをやっていて良いのか。私がパソコンやケータイ・スマホに触れたこともなく糸電話しか知らない七十歳だから言っているのではない。自分は重厚な七十歳ではない。できれば重厚になってみたいが、十五歳で止まってしまった奇妙きてれつな、言葉が無内容に浮ついて跳ねまわる軽薄な七十歳なのだ。だから若い人がなつかしい。

水仙と盗聴、わたしが傾くとわたしを巡るわずかなる水（服部真里子・「短歌」二〇一五年四月号）――はこの上なくいとおしい。

イヴ産みし傷を合はせり熱帯夜（藤幹子・「庫内灯」二〇一五年秋）――もたまらなくなつかしい。井上八千代もボレロを舞うのだ。表情を消し、限りなくスローに、それゆえ無限のスピードで。有名すぎる場所だからやや気がひけるが、雨晴海岸から富山湾越しの立山連峰は心に響く。枯渇した身体とも感応してくれる。風だけでなく、立山や海そのものが流れている。列島のあやうさ、はかなさが染みてくる。地球も銀河系も同じことだ。私は西洋的「在る」に強い敬意を表する、しかし、やはり「在る」はある欲望に裏打ちされた恣意なのだと思う。全宇宙を支配している永遠不滅の実在、というような表現は正しくない。無、あるいは無のようなもの（無ではない）を含む宇宙、消滅したり、生成したり、細くつながったり、はりついたり、の流れる宇宙、流れの「間（ま）」としての生命、そういうものを「在る」というなら確かに「在る」だが、そういうものは在るとも無いとも言わないだろう。意に反して年齢だけは大人になり、視野の狭さが取り柄だった私も、それなりにある程度ものが見えるようになってしまった。自分の中では退歩だが、おかげで「在る」に対する強い敬意を感じるようにもなった。最近、岩波と光文社（古典新訳文庫）の二つの「存在と時間」を比較しながら読んでいる。おもしろい。こんなに一見わかりやすそうな本づくりでいいのか、とも思う。惹かれることはないがここでのハイデッガー、誰が読んでも近代への猛批判と読まれてしまいそうだ。何が言いたいのか。視野の狭かった以前のことである。退歩する前のことである。私は英語のことが本当にわからなかった。be動詞がわからなかった。be動詞の傲慢がわからなかった。be動詞は自動詞だ。その自動詞が「断定」するのだ。「在る」と叫ぶのだ。驚愕した。義憤すら感じた。主語の近くに自動詞としてのbe動詞を置くのも構造的に質の悪い傲慢だと思った。私の内の主語は雨の中に消えて（昔日活でこんなタイトルの映画があった）ゆくものであり、be動詞は限りなくひそやかなものであった。――しかし、しかし、違うのだ。「在る」は傲慢というより必死の真摯さであり、人間の誠実でギリギリの営為なのだ。宇宙に対するひたむきな礼儀と言ってもよい。だからいま、私は礼儀をもって本を読むことができる。

世界のこのていたらくは何なのだろう。市場の○、○○○一秒勝負、マイクロチップ遺伝子を含む身体拡張、フランシス・フクヤマの例の楽観悲観本が千年も昔のことのようだ。欲望もどきが欲望を追い出している。欲望すら立つ瀬がない。「在る」と「流れ」は別物ではない。洋の東西という表現よりもっと近い。「在る」は軋んでいる。いやな軋みの中を揺れている。下卑た言いかただが、「在る」が「なんでもあり」に侵食されてしまっている。近代を咀嚼していない「流れ」は拡散して、肥大した自意識と結びつき、胸元まで「なんでもあり」に飛びこまれている。きゃりー（ぱみゅぱみゅ）はなつかしい。北欧のたたずまいもなつかしい。

きゃりーが一番受けたのは北欧である。「在る」は欲望もどきと骨がらみの疲労を用意し、「流れる」は軋んだ欲望を浮かべる母なる大河となりかねない。

星で、星夜で東西の魂を結ぼうとしたのは野尻抱影である。私はもっと富山湾立山と交互交換しなければならぬ。海と山そのものが流れているのだ。人間の、「間(ま)」としての生命の身体も流れている。流れを決して止めはすまい。流れる矜持というのは確かにある。そして流れるはこの上なく荒涼としている。「在る」も自家撞着に陥っている。「流れ」も自家撞着に陥っている。私は自身の、たかがしれた自家撞着に責任を持たねばならない。

それは一九五九年の秋のことだった。伊勢湾台風の惨状が強く頭に残っていたから十月か十一月のことだったのだろう。当時私は十三歳。最寄りの駅から国電で十分ほどの街にある中学校に通っていた。午後の四時頃、帰りの国電の中での出来事である。A君、B君、そして私の三人の生徒が一緒だった。乗客はそれほどいなかったが、私たちは車両の端、連結部分の近くに立っていた。クラスの仲間だった。部活は別々だったがたまたま帰りの時刻が同じだったのだろう。部活の話や、当時流行していた母艦水雷という遊びの話で盛りあがっていた。A君とB君と私の距離はそれぞれ一メートルあるかないか。その時だった。向こうから赤い顔をした、五十歳くらいの人の良さそうなおじさんがフラフラと私たちの方に近づいてきた。病気の人には見えなかった。話に夢中な三人は直前まで気がつかなかった。おじさんからA君まで約一メートル、B君まで七十センチくらい、私まで約一メートル。A君はリーダータイプの子。

B君と私はどこかぼうっとしている子。そして、なんとそのおじさんは、ウーッと呻いたあとすさまじい量の放尿をはじめてしまったのである。酒を飲んでいたのだと思う。私は何が起こっていたのかわからなかった。大人の社会的対応を問題にしているのではない。十三歳の子どもの心の流れについてのみ問題にしている。すぐ反応したのはA君。B君と私に「さがれ」と言って後ろに飛びすさった。私も反射的に後ろに飛んだ。ところがB君だけが動かなかったのである。微動だにしなかった。表情をまったく変えず微動だにしなかった。あまりのことに体が硬直してしまったようには見えなかった。自分の意志で動かなかったように見えた。A君は「逃げろ、逃げろ」とB君に叫んだ。B君は逃げなかった。仁王立ちしていた。B君のズボンの裾には尿の飛沫が少なくない量付着していた。おじさんは小走りで去った。——A君が言った。「なんで逃げなかったんだよ。ズボンにかかっちゃったじゃないか」——B君が答えた。「だって悪いから」——A君「悪いから?」——B君「俺が逃げたらあの人もっと悪者になっちゃうから」——A君「………」——B君「あの人、いい人みたいだし、悪者になって寂しくなっちゃうから」

私は打ちのめされた気がした。十三歳でこんなことができるのかと思った。今思えば、十三歳だからできたのかもしれず、時代性もあったのかもしれない。半世紀以上昔の出来事である。ただ、あの時のおじさんには、B君の心の流れが朧げながらわかっていたように思う。だから「悪かったな」の一言すら言えず、小走りに去っていくしかなかったのだ。

海面上昇で原日本列島形成。例えば八千年の以前。槍も石斧もあったのだろう。山は怒っていたのか。海は荒れていたのか。列島の凪（なぎ）はどんな有様だったのか。山や海は激しく穏やかに流れていたのか。生命も激しく穏やかに流れていたのか。山も海も生命も交互交換で震揺を流したのか。そして、Ｂ君のたたずまいも、確かにそこに流れていたのか。

（２０１５年12月　書き下ろし）

I

天使の誘惑　南下不沈戦艦幻の大和

　一二時二六分敵機影発見
一二時三四分左前方層雲より
急降下　一二時三八分後部電
探室付近に最初の命中弾
一二時四六分左舷に魚雷命中
　南下　一三時一八分第二波
来襲　一三時二一分二本の魚
雷命中　いずれも左舷　艦左
に傾く　第四第一四機銃塔全
滅　浸水と注水で吃水深く速
力一八ノット　南下　一三時

三六分第三波　中部甲板に八発目命中　一三時五〇分左舷傾斜一六度　右舷の機械室に注水　一四時注排水指揮所破壊さる　南下　一四時八分第四波　もはや運動の自由奪われスピードなく反撃の砲火もなく敵の攻撃に身をまかせるより外(ほか)手のない状態　それでもなお全力で南下

南下する幻の不沈戦艦を見たことがあります。千駄ヶ谷から釧路の霧を経て阿寒湖に到る白い線を見たことがあります。不安定を食べて生きているのです。たいして美味しくもない縮小再生産の不安定を。

Q様、OはQでなければ生きていけないのです。Oのシンメトリーに、溺れた豚を見てください。気弱く惨めな豚を見てください。Q様、Qはシンメトリーではないけれど、安定の足があって左には倒れません。足の重みで右にも倒れません。そうかといってOでないこともないのです。Qは倒れる快感もしっているし、仆れる快感すらしっているのです。Q様、Oは真正Qに執着します。不安定を食べながら、いずれ天使の誘惑に身を任せるOは、Qの足の重みにおもいをよせるのです。QのQはオバケのQ太郎のQ。流れず構えずいつもにこやかオバケのQ太郎。縮小再生産の不安定と誘惑は気弱く惨めなOの豚。Q様、OはQでなければ生きていけないのです。

渋谷の学生運動などとはあまり関係ない、あるミッションスクールの小さなチャペルからそっと出てきた、あの馬術服の少女が妙に気にかかる——千駄ヶ谷から釧路の霧を経て阿寒湖に到る白い線とはこのことなのです。五年前の白い線は、そのまた五年前の哀しい雨を呼びます。十年。記憶。殺すべきは南下不沈戦艦幻の大和。

Q様、OはしばらくのあいだQ′でいることができたのです。それは組織の、とりわけ政治組織の問題です。若しくは、歴史の縮小再生産記憶、殺すべきは南下不沈戦艦幻の大和、阿寒湖心中、判断停止の美学、海、にかかわる問題です。Oには確信があったのです。産湯につかったその瞬間から確信があったのです。自分が存在することについての確信というより、自分が執着するものへの色彩的姿勢についての確信です。もちろん喜怒哀楽には関係ない確信です。最後の切札的確信です。Oの見ている山は、川は、街は、人は、他の誰が見ているよりも美しい、といった確信です。

Q様、とりとめもない話し方許してください。倒れるも仆れるもしっているQ様のこと、気弱く惨めな豚O誘惑され流される寸前の呟（つぶや）きわかっていただけると思います。

与謝野晶子の話をしましょう。晶子の話といっても彼女なんかどうだっていいんです。Oが問題なのです。産湯につかった瞬間のOとOの色彩的姿勢が問題なのです。自意識はすべてイロニー。すべてに込める意味もイロニー。いくらでも扱（こ）き下（お）ろせるが決して逃れられないイロニー。

その子二十（はたち）櫛（くし）にながるる黒髪の
おごりの春のうつくしきかな

歴史の縮小再生産記憶は屈折風化惨めな豚O誘惑されて流されて、なのです。素直にいいましょう。Q様、Oの原初の憧れは実に他愛ないのです。黒髪がすべてなのです。黒髪が空気に触れ、春の雨に触れ、道歩く犬の目に触れる、それがすべてなのです。Oが見るコップはOだけのもの。体中を走る絶対的確信。バベルの塔に対する軽蔑。輪廻を突き破る黒髪の美しさ。神など恐れる必要がどこにある。私が神なのだ。黒髪に揺れる心と、春の雨と小磯の桜貝が私を神にしてくれる。Q様、Oを笑わないでください。Oが見るコップはOだけのもの。そして輪廻を突き破る黒髪の美しさ。他愛なさはまだ超えられていないのです。さんざん扱き下ろされてはいるけれど、まだまだ超えられてはいないのです。

言い方を変えます。もともと、OがしばらくのあいだQ'でいることができた、という話でした。その子二十櫛にながるる黒髪の、もやはり複雑に屈折風化するものなのです。あの黛ジュンもまた「恋のハレルヤ」から文字通り「時が流れる」に流れました。

清水へ祇園をよぎる桜月夜
こよひ逢ふ人みなうつくしき

京都と奈良は違うのです。東山と桜井の匂いは違うのです。桜井の黒髪と春の雨は流れないのです。身を切るようには流れないのです。身を切るような流れが暖かさにすらなってしまったOには桜井の白壁がもう辛いのです。祇園白川から花見小路を下って八坂の塔に抜ける道。それは哀しい道です。桜井を意識しつつ桜井をしらないものの道です。若狭の匂いのする道です。北国若狭の女たちと、判断停止の美学にのめりこむこと叶わぬ東国の男たちの道です。
「全国の学友諸君！　全学連第一七回大会に結集した全国の代議員、オブザーバー諸君！　多くの困難と妨害をはねのけて、全学連第一七回大会は、ついにここに開催された。今次大会におけるわれわれの任務はなんであろうか。それは二七回中央委員会によってきりひらかれた革命的な学生運動の方向、および四～六月闘争におけるその端緒的形成の上に立って反帝反スターリン主義学生運動の原則を確立することでなければならない」と書かれたほぼ十年前の文章に、いや文章を包む空気の流れに、「こよひ逢ふ人みなうつくしき」は確かにあったのです。

Q様、Oがしばらくの間Q′でいることができた、という図式が少しおかしくなりました。最初はこういうつもりだったのです。Oが見るコップはOだけのもの。体中を走る絶対的確信、そして快感。私が神なのだ。守るべきは、黒髪に揺れる心と春の雨と小磯の桜貝。どうしたら完璧に守れるか。それらを遠くにしまっておけばよい。遠くにしまうにはどうする。自分が遠くまで行くことだ。仮の自分が遠くまで行くことだ。黒髪や春の雨桜貝から遠ければ遠いほどよい。仮の自分をこの上なく巧妙につくり、それを現実世界に投げ込み、黒髪春の雨桜貝から限りなく引き離すことだ。仮の自分に徹すれば徹するほど、神としての自分は逆に鮮やかさを増す。黒髪春の雨桜貝は輪廻バベルの塔を圧倒的に突き破る。では自分はどこまで行ったらよいのか。仮の自分はどんな意匠をあてがうのか。あてがうべき意匠は政治。黒髪から限りなく離れ、投げ込むべき仮の世界は政治。完璧なまでの均衡。そして快感。Q様、けれどもことはこんなに簡単明瞭ではなかったのです。バベルの塔を圧倒的に突き破るどころの話ではなかったのです。もっともっと気弱く醜く屈折していたのです。Q様、六月の哀しい雨から阿寒湖に到る白い線を経て南下不沈戦艦の幻を見る十年は、Oの十年は、いったい何だったのでしょうか。シンメトリー均衡快感からQの重たい足におもいをよせる十年は何だったのでしょうか。通り一片の愚問はよしましょう。つきるところ煙草をくわえながら自分の体を鏡にうつしていた十年にすぎなかったのですから。組織というものは、とりわけ政治組織というものは、人の命を奪うものでなければならないのです。そして組織に身を投げ込むとは、仮の自分をそこで殺し、入魂の演技の狭間で黒髪春の雨桜貝を鮮やかに蘇生させるということなのです。遥かなるアラモ遠くの街おもうが故の快感。マルキシズム憎悪する献身的なマルキストの快感。精神の均衡絶望の処世術。OがしばらくのあいだQ′でいることができたというのはこのことなのです。しかしQ様、たしかにOはQ′でいることができたけれど、Q′はやはり真正Qではないのです。というよりもことはこんなに簡単ではなかったのです。「全国の学友諸君！　全学連第一七回大会に結集した全国の代議員、オブザーバー諸君！」と叫び、「反帝反スターリン主義学生運動の原則を確立することでなければならない」とする十年前の反帝反スタ文章に、「こよひ逢ふ人みなうつくしき」が確かにあったのはなぜでしょうか。こよひ逢ふ人みなうつくしきは　こよひ逢ふ人みな懐かしき　だと思うのです。ふと見れば大文字の火ははかなげに映りてありき君が瞳に　は懐かしいのです。マルキシズム憎悪する献身的マルキストの快感といっても、憎悪すべき対象がやさしく揺れているのです。だからQ′はいつまでもQ′なのです。

反帝反スタの風は六月の雨。大文字の火はかなく映る君の瞳　は千駄ヶ谷阿寒湖結ぶ白い線。渋谷の懐かしさなのです。新宿が懐かしいのは隣に渋谷の街があるからなのです。精神の均衡による処世術は、とりわけ憎悪すべき対象がやさしく揺れている場合は、包む空気の霧雨が遠く流れる白い白い線を用意するのです。

かの空よ若狭は北よわれ載せて
行く雲なきか西の京の山

山川登美子とは関係ないのです。若狭の雪に堪へむ紅（くれない）　というのも登美子ではありません。Q様、これはQ'の歌です。晶子は均衡を保ちつつも足もとをすくわれているのです。うすものの二尺のたもとすべりおちて蛍流（なが）るる夜風の青き　の「青」が問題なのです。四つの「の」と「青」との緊張関係が問題なのです。四つの「の」といっても、夜風の青き　の「の」は少し違います。これは「青」によって京都を超えかかっている「の」です。京都に沈みきることによって京都を超える可能性を身につけた「の」です。外（ほか）の「の」に可能性はありません。外の「の」は単なる京都の「の」です。さて「青」だけれど、この「青」は比類なく淡くしかも艶として流れているのです。シベリヤやラインに拮抗できる唯一のものはこの流れる「青」だけなのです。晶子は「青」さらにいえば「夜風の青き」と刺し違えることによって、瀬戸内海に浮かぶ巡洋艦くらいは創れたのです。しかし彼女は足もとをすくわれてしまいました。均衡を保ちつつ足もとをすくわれる、というのがOのOである所以（ゆえん）なのです。うすものの二尺のたもとすべりおちて　この懐かしさとやさしさを母体としながら、「夜風の青き」は母体を殺しかかっています。そして究極の母体殺しを避けて通ったのが晶子の限界だったのです。かの空よ若狭は北よ　及び　若狭の雪に堪へむ紅（くれない）　の想いは均衡です。哀しい均衡です。登美子に身をかりた、無意識のうちに横すべりする哀しい均衡です。Q様、その子二十櫛にながるる黒髪の　と　こよひ逢ふ人みなうつくしき　を結ぶ線は必ず若狭を呼ぶのです。若狭の雪の女たちは祇園白川を包みやがて風化充足した懐かしさにおちこんでいきます。本当は、祇園をよぎるのは晶子でも桜月夜でもないのです。よぎるのはやはり「夜風の青き」なのです。そして歴史の縮小再生産記憶惨めな豚O誘惑されて流されて、の自己救済地獄を打ち破る唯一の方法はこの「青」と刺し違えることなのです。刺し違えることをせずに佇んでしまうと人は横すべり均衡を求めます。南下北上の論理です。OがQ′になる論理です。均衡が続くと風化し崩れると千駄ヶ谷阿寒湖を白い線がはしります。一瞬の判断停止の美学はそのまま溺死充足を用意するのでしょう。ここに刺し違えることの困難さがあるのです。刺し違えたと思った瞬間思った当人決して横すべりしていないと誰が断言できましょうか。或は、恐ろしいことに、刺し違えるという姿勢そのものが自己救済の最たるものではないか、という問もまた可能なのです。Q様、OはQの足の重みにおもいをよせるのです。流れず構えずいつもにこやかオバケのQ太郎のQにおもいをよせるのです。均衡を保ちつつも足もとをすくわれているのが晶子で、Q′即ちO、うすものの二尺のたもとすべりおちて　のやさしい懐かしさに対する「青」との捨身の緊張関係を欠いた執着は、かの空よ若狭は北よわれ載せて　と完璧なまでに表裏一体をなします。流れず構えず重い足Qエンジンの南下不沈戦艦は夢のまた夢なのです。行く雲なきか西の京の山と歌った晶子は、はすかいに構えつつ緊張関係に透明な羽二重を着せ均衡の海に溺れました。それは、醜く、哀しく、懐かしく、やさしく、そして美しい死様でした。

　しまりのない話し方でどうもすみません。Q様、今度は少し長い引用からはいろうとおもいます。

横たわったまま、気を落ちつけるためにゆっくり十数えた。

「──八つ、九つ、十」

下半身は苦痛で麻痺し感覚がない。掻き切られた洋服の中に手を縫って入れ傷口をおさえてみた。流れかかった自分の臓腑が生ぬるく感じられる。

〝中は大丈夫だ〟

ふと今も夢かと疑う彼の自らの掌に溢れかかった臓腑はどろっと柔くそれでいて重みのある感触だった。

傷をかばってじりじり身をかえし体を横に起しながら思った。考え切れぬいろいろなことが一時に頭の内をかすめて行く。吉村のことを思い出した。

〝ざま見ろ、俺はこうして今この掌で、俺自身を、手前の腸（はらわた）を摑んでいるじゃねえか。こいつあ手荒く手応えがあらあ。吉村の奴が今の俺を見たら自分が勝ったようなつもりで良い気持になるかしらねえが、そいつあ、大間違いだ〟

可笑しさとも嬉しさともつかぬものが彼を襲い、痛まぬ筋肉を使い無理して闇の中で笑ってみた。体を変えると血が反対側の肌に伝わって流れた。

〝死ぬかな〟ふと思った。

〝だとしたら下らねえ、全くドジな死に様じゃないか〟急に思った。

〝これと比べりゃもっと死に甲斐のある何かがあるんじゃねえか、いや確かにある。それが何だ、何だかわからなくたっていい、前よりは急に近づいて来たぞ。がこれだけじゃ未だ御正解とはならない。そいつを摑むまで、こんな下らねえ殺され方で満足してたまるかっ〟

（石原慎太郎「処刑の部屋」）

慎太郎の作品の中では「灰色の教室」が一番清潔です。「処刑の部屋」は少々悪のりしているし、「太陽の季節」は気取りすぎています。十五年前の悪のりもたまにはいい、そう思ってここでは「処刑の部屋」を引用しました。彼は「処刑の部屋」から十年を経て「天使たちの革命」を書いています。慎太郎の十年――砂川闘争があり、有楽町で逢いましょう、可愛い花、アカシアの雨が降り、可愛いベイビー、恋のバカンス、そして行為と死。彼の十年のポイントを「行為と死」に見て、そこから「灰色の教室」にさかのぼって論じ、ずっとさがって国会議員、馬鹿げたドン・キホーテが突っ立っている、というのはあまりにも有名な図式だからここでは話しません。突っ立っている、といってもそれで突っ立たなくなったわけでもなく、どんなにみっともなくてもウジウジしているより突っ立っているほうが好きです。なんとなく上品さを欠く形容となったけれど、とにかくウジウジしているのはよくないのです。それでも苦渋に満ちたウジウジというのはあります。毅然としたウジウジというのも場合によってはありまず。一番質（たち）悪く愚劣なウジウジは、村上一郎にならっていえば〝下司の勘繰り〟です。

Q様、慎太郎の十年とは何だったのでしょうか。湘南でのドラマは何だったのでしょうか。Q様、この十年のバックに流れているのはジャズではないのです。帝王切開で死んだ英子や、十二段の階段を転げ落ちた美知子の裾に血を滲ませた胎児のバックに流れているのは断じてジャズではないのです。流れているのは「下山」「松川」「三鷹」の暗いメロディーです。さらにいえば「水色のワルツ」であり「上海帰りのリル」なのです。赤いリンゴは皇居前を血で染めました。木星号に乗ったリンゴは三原山にぶつかって霧の中を伊豆の海に沈みました。ハマのキャバレーにいたリルは今池袋にいます。夜の池袋を一人で彷徨っています。二十年の昔、「水色のワルツ」に涙ぐみながら「上海帰りのリル」を作曲した渡久地政信が、鳩山、石橋、岸、池田を経た現在この風化屈折情況に「長崎ブルース」「池袋の夜」を作曲したことは決して偶然ではないのです。「上海」と「池袋」を結ぶ線を軽々しく考えてはなりません。つけ加えれば、「池袋の夜」を歌ったのは青江三奈です。伊勢佐木町から山下埠頭を抜け、遠く上海を想った青江三奈です。

Q様、英子や、美知子の裾に血を滲ませた胎児の流した赤はまだ拭われていないのです。保田與重郎、ソビエト大使館の赤い旗、の赤もまだであり、霧の中を伊豆の海に沈んだ赤もまだなのです。若き女の泪も変わらず、いや屈折して解体し、すべてが屈折解体永遠のまだのように思われます。

〝これと比べりゃもっと死に甲斐のある何かがあるんじゃねえか、いや確かにある。それが何だ、何だかわからなくたっていい、前よりは急に近づいて来たぞ。がこれだけじゃ未だ御正解とはならない。そいつを摑むまで、こんな下らねえ殺され方で満足してたまるかっ〟

この年頃にあっては欲望が彼等のモラルなのだ——と前書し、〝K学園のハイスクールは河辺りのなだらかな丘の上にあった〟とはいる「灰色の教室」に比べて、〝「ムーン」に寄ったが竹島たちは見えなかった〟と書きはじめるこの「処刑の部屋」のほうがはるかに悪のりしています。思えば慎太郎の十年は、あまり程度の高くない悪のりの十年でした。〝何だかわからなくたっていい、前よりは急に近づいて来たぞ〟をシュレーゲルを百で割って水で薄めたような調子で書いては、橋川あたりから〝馬鹿げたドン・キホーテが〟といわれるのも無理ないのです。数ある慎太郎論の中では死んだ日沼倫太郎のものが一番心にのこります。日沼は、「石原慎太郎はもしかしたらニヒリストを志向しているのかもしれない。『死の博物誌』を読んで私はそう思った」と述べていますが、これは一面の真理でしょう。もっとも日沼は論じる対象を自分勝手に変形させてしまうことの名手であり、ニヒリストを志向していたのも日沼の意識のある部分なのですが、慎太郎についての彼の指摘は覚えておいてよいと思います。

〝これと比べりゃもっと死に甲斐のある何かがあるんじゃねえか〟Q様、これは過ぎりです。情況的情念的そして常識的過ぎりです。知的過ぎりといってしまうと少し違ってきます。いずれにしてもここに力点はありません。〝何だかわからなくたっていい、前よりは急に近づいて来たぞ〟力点はここにあります。もっと正確にいえば〝前よりは急に近づいて来たぞ〟というのは一種快感的仮構力点です。それ故に内部に根ざした皮相的原初の姿が顕れます。慎太郎に対する執着とはこの一点だといっていいのです。〝何だかわからなくたっていい〟Q様、究極の力点はここにあります。そして〝がこれだけじゃ未だ御正解とはならない。そいつを摑むまで、こんな下らねえ殺され方で満足してたまるかっ〟というのは悪のりしつつ流れています。力点はありません。情況情念的上滑りな流れ方です。〝何だかわからなくたっていい〟一種快感的仮構力点の前のこの究極の力点はそれでは一体何なのでしょうか。慎太郎の十年を、勝とうとする意志の十年だとは思いません。もちろん密度の問題を除外しての話です。彼の十年はむしろ負けたいという意志の十年であったと思います。大津皇子の昔から敗北は勝利よりも美しいのです。裸足（はだし）の山辺皇女は美しいのです。伊勢の大伯皇女はもっと美しいのです。親鸞参りをせよというのではありません。親鸞参りで救われようなどと夢にも思っていません。それは不可能です。内村剛介にしたがっていえば、あまりにも遠くまで来てしまった、のですから。多分死ぬまで闇の中を歩き続けなければならないのでしょう。〝ふと今も夢かと疑う彼の自らの掌に溢れかかった臓腑はどろっと柔くそれでいて重みのある感触だった〟たいして重くもない臓腑のくせに、などといってみてもはじまらないのです。慎太郎の哀しい夢の内にはやはりはいり込まねばならないのです。〝何だかわからなくたっていい〟というのは、〝自らの掌に溢れかかった臓腑はどろっと柔くそれでいて重みのある感触だった〟と符合しています。究極の力点は掻き切られた洋服の中の流れかかった自分の臓腑。下半身は苦痛で麻痺して感覚がなく臓腑は流れかかっている。昭和三十年代前半型湘南マゾヒズム。低水準の日本浪曼派湘南型偏向。Q様、慎太郎の十年は勝利への意志の十年ではないのです。屈折した玉砕への意志の十年なのです。流れかかった臓腑の感触は慎太郎を恍惚に誘います。〝ざま見ろ、俺はこうして今この掌で、俺自身を手前の腹腸を摑んでるじゃねえか。こいつあ手荒く手応えがあらあ〟〝可笑しさとも嬉しさともつかぬものが彼を襲い、痛まぬ筋肉を使い無理して闇の中で笑ってみた〟無理して闇の中で笑ってみた、と慎太郎が書いたとき〝無理して〟の四文字にどれほどの意味を込めたのか非常に興味があるけれど、とにかく日本浪曼派湘南型偏向は、「屈折した玉砕への意志」――「流れかかった臓腑の感触」――「恍惚」だったのです。そしてこの三つがすべて上滑りだったのです。

臓腑の感触の上滑りな恍惚感のあと慎太郎は死の博物館に行こうとしますが、彼の軌跡はここで日沼の指摘とともに桶谷秀昭を思い浮かべさせます。

たたかうべき、克服すべきものは、既成の価値、秩序への反対、否定を掲げ、しかし実は時代の流れのおもむくところにわが一身をあずけることによって、みずからを新しいとおもい上がっている、偽の反逆者である。かかる自称「革命家」や「進歩派」は徹底的に打倒せねばならぬ。

…はげしい内面の葛藤からする勁い反逆の意志は、平面的な絶望とデカダンスに変質し、絶望とデカダンスを新しい時代の特権として、みずからあざむき、意味づけるにいたって、次に来るものは、もはや絶望もしらず、欲求不満のじかべたな吐け口をもとめる欲望自然主義の衝動的反逆に退化していったのである。

（桶谷秀昭「近代日本の反逆者」）

近頃の桶谷ブームは凄まじいようです。「芸術の自己革命」には一時数千円の値がついていました。吉本のブームはともかくとして、桶谷のブームだけは感情として許すことができません。Q様、現在もっとも嫌悪すべきものは桶谷ブームです。桶谷の口まねをする人間たちです。ブームに乗っかって中核やブントを揶揄する人間たちです。桶谷の口まねする者達に中核派やブントを批判する資格などありはしません。

「現代の眼」的にいえば、内村・桶谷ラインに慄然としたのは北川透ですが、そしてその時の北川の意識は手にとるようにわかるのですが、それとは少し違った意識、執着というのもあるのです。桶谷の文章が気にかかるのはこの意識故になのです。〝次に来るものは、もはや絶望もしらず、欲求不満のじかべたな吐け口をもとめる欲望自然主義の衝動的反逆に退化していったのである〟このいいまわしは桶谷そのものの肌の色でしょう。地が出る、とはこういうことをいうのです。欲求不満のじかべたな吐け口、という表現など桶谷を語ってあまりあります。〝たたかうべき、克服すべきものは、既成の価値、秩序への反対、否定を掲げ、しかし実は時代の流れのおもむくところにわが一身をあずけることによって、みずからを新しいとおもい上がっている、偽の反逆者である〟とする桶谷は、それでは慎太郎のたぐいを軽蔑しているのでしょうか。軽蔑しているかどうかは別として、おそらく問題にもしていないと思われます。「処刑の部屋」の一種快感的仮構力点も究極の力点も批評の対象にすらしていないと思われます。桶谷と慎太郎の水準を云々しようとは思っていません。また個々の水準を云々することなどに意味はないのです。個は個なりにともかく生きてそして一人で死んでいく、Q様、桶谷の文章で気にかかるのはその匂なのです。臭と紙一重であるに違いない匂なのです。〝花の下にて春死なむそのきさらぎのもち月のころ、という境地は美しい陥穽である。わたしはこの美の陥穽にひきずりこまれること脆い人間である……それが何で悪いかという誘いの声を拒け、それは日本的自然観だなと近代主義者の利口ぶった批判を叩き伏せ、その陥穽、日本的自然観のただ中に立ってたたかうのがねがいである（初夏に記す冬の印象）〟利口ぶった批判を叩き伏せるのはやさしいけれど、内なる誘いの声を拒けるのは至難の業です。利口ぶった批判を叩き伏せるという桶谷の行為が、正眼に構えたその姿勢が、内部の誘いの声と微妙に交錯しないという保証はどこにもないのです。あくまでも暗く深くそして美しいのは拒否すべき陥穽。〝わたしは自分を裁く者を探して街から街をさまよいあるいた　わたしを裁く者はどこにもいなかった　ただ街の建築のとおい裏側の世界の底でくらしの糸をつむぎながら老いてゆく父や母たちがわたしのながい無為を裁くにふさわしい者と信じられた……深い井戸のようにわたしの生まれ育った階級の底が世界の底を映しているというかすかな確信はけっして革命ということばをつぶやかなかった　むしろわたし一個の不幸は不眠の夜の果てにいつかとおい街で乞食してつぐなわねばならぬと信じられてならなかった（記憶と回想）〟恐ろしい文章です。誰一人まぬがれることのできない恐ろしい文章です。拒否すべき美しい陥穽は桶谷の内で街の建築のとおい裏側の世界と慄として拮抗しているのです。この街を素通りした瞬間人は退廃におちこみます。そしてこの街をスポーツカーで通り抜けるのが新左翼づらした知識人なのです。上滑りでいいかげんな、日本共産党以下的新左翼知識人なのです。しかしQ様、〝とおい街で乞食してつぐなわねばならぬ〟とつぶやいた桶谷をしてなおこの戦いは望みなき戦いの匂、です。必敗のいくさに出陣する武人の匂です。哀しい匂です。

匂が臭と紙一重であることはここではいいません。ただこの望みなき戦いの匂に執着します。大人は大人なりの、子供は子供なりの、馬鹿は馬鹿なりの、ピエロはピエロなりの戦い方をそれぞれするでしょう。これらに優劣はありません。そして、たとえはげしい内面の葛藤が平面的な絶望とデカダンスに変質しようとも、とあえていいきりたい気がするのです。氏原工作ではないけれど慎太郎と大江を読んで育ってきました。大江より慎太郎がはるかに好きでした。彼が国会議員となり、また橋川の〝馬鹿げたドン・キホーテが突っ立っている〟を見てしまった今も彼を好きです。個々の水準など問題ではありません。問題は匂でありまた臭なのです。桶谷に望みなき戦いの匂があり、慎太郎に望みなき戦いの匂のかけらがあります。望みなき戦いは滅多になく、匂のかけらはいたるところにあります。Q様、しかし匂のかけらは軽蔑の言葉を吐かせないのです。暗くします。心を暗くします。問題は匂でありまた臭。「下山・松川・三鷹」「水色のワルツ」「上海帰りのリル」のメロディーの内(なか)で咲いているあの〝吉野の桜〟の屈折したイメージ。

愛しながら別れた　二度と逢えぬ人よ

後姿さみしく　霧のかなたへ
忘れな草むなしく　胸ふかく抱いて
窓の灯りともして　あの人を待つの
窓の灯りともして　あの人を待つの

……………

……………

はるか遠くはなれて　時は流れすぎて
夢に結ぶ二人の　心はひとつ
夏の嵐吹いても　木枯吹いても
窓の灯りともして　あの人を待つの
窓の灯りともして　あの人を待つの

Q様、話が飛んでどうもすみません。飛びついでに黛ジュンまでいってみましょう。ジュンの歌で最も問題を含んでいると思われるのはデビュー曲「恋のハレルヤ」とこの「霧のかなたに」なのですが、内部葛藤のはげしさという点で「霧のかなたに」がまさっています。そしてこの内部葛藤は頽廃と紙一重なのです。以後の彼女の歌はみな流されています。「雲にのりたい」「涙でいいの」も例外ではありません。「夕月」「不思議な太陽」は駄作の典型。

昭和三十一年黛ジュンは一家して横浜に引っ越しました。慎太郎が「処刑の部屋」を書いていた頃です。ジュンは七歳でした。渡辺弘とスターダスターズの事務所にいた父はジュンに西川流日舞をならわせました。そしてこの父とともに横浜の港が彼女のもう一人の父だったのです。海が父だったのではなく彼女の父は人でした。港に集まる多くの人々でした。荒々しい男たちと夜の女たちでした。駐留米軍のＧＩたちでした。ジュンは青江三奈のように強く上海を想わなかった。彼女は太陽と人とそして日ごとに成熟してゆく自分の乳房のみを想いました。三十六年より歌に熱中。三十七年十三歳でビクターより最初のデビュー、全然売れないレコード、三十八年銀座にみゆき族出現、ジュンみゆき族と接触。横浜と銀座を交互に流して歩く彼女。みゆき通りやすずらん通りをウロウロしながら慎太郎の無様な姿ばかり想っている少年、湘南海岸に流れる「恋のバカンス」のメロディーは太陽の季節の挽歌でした。横浜と銀座を流して歩くジュンは並行してキャンプまわりを続けます。ＧＩたちとジュン、ＧＩたちの視線、みゆき族のロングの中、断固としてミニで通したジュン、彼女は知識人ではないのです。彼女は勝たねばならなかったのです。それも具体的に勝たねばならなかったのです。四十年「焔のカーブ」のオーディション合格　慎太郎の弟　石原裕次郎と知り合う、裕次郎に作曲家中島安敏を紹介され半年間のレッスンの後東芝へ、四十二年春「恋のハレルヤ」で再デビュー。

Ｑ様、黛ジュンの軌跡とは何だったのでしょう。情況にどう立向い、また身をそらそうとしたのでしょうか。「恋のハレルヤ」は戦いの歌でした。しかしそれは守るべき最後の一線を歌った哀しい歌でもあったのです。守るべき最後の一線　太陽の季節か　上海への想いか　それとも吉野の桜か　ジュンは慎太郎ほどあまくはありません。上海への想いもありません。まして吉野の桜など意識するはずがありません。彼女が守ろうとしたのは、彼女が守ろうとしたのは純粋な意志だったのです。純粋な、勝利への意志だったのです。

ハレルヤ　花は散っても
ハレルヤ　風のせいじゃない
ハレルヤ　沈む夕陽は
ハレルヤ　止められない

四十二年の春、本当に彼女は夜空に祈りをこめてこの歌を歌ったのです。勝たなくてはならぬ、勝つことが不可能なら勝利への意志だけでも死守せねばならぬ、何で勝たなくてはならないのか、何で死守せねばならないのか、そんなことはわからない、勝つといってもだいたい何に勝つのか、戦う相手は何なのか、もうどうだっていい、何も見えなくても結構だ、とにかく勝たねばならぬ、ロングの中ミニで通してきたあたしだ、ＧＩたちをかるくあしらってきたあたしだ、沈む夕陽を止めてみせよう、圧倒的に勝ってみせよう――Ｑ様、けれど燃える想いは相手を貫きはしなかったのです。沈む夕陽はそのまま夜を招き、彼女の戦いは敗北に終わりました。地球の自転と張り合い玉砕したジュン。そしてここで問題になるのが「霧のかなたに」なのです。親鸞参りと紙一重ではないかとおもわれる「霧のかなたに」なのです。吉野の桜知らぬジュンをして親鸞参りに紙一重とさせた情況のおそろしさは、やはり識らねばならぬものなのでしょう。「霧のかなたに」の作曲者は中島安敏。鈴木邦彦作曲の多い彼女には異例なことです。中島安敏という人間は上滑りな浪曼主義者とみてまず間違いないのですが、「恋のハレルヤ」のすぐ後の歌を彼が作曲したということのもつ意味はわりあい大きいのです。彼にはほかに愛田健二のために作曲した「京都の夜」という作品があります。

聞かせておくれ　今一度
優しいあなたの　ささやきを
祇園の雨に　濡れながら
シャネルの人を　せつなく今日も
さがす　京都の夜はふけゆく

といった歌ですが、この「京都の夜」と「霧のかなたに」の内に流れているものは同質です。もちろん後者のほうが水準高いのです。「霧のかなたに」には激しい内部葛藤があり、「京都の夜」にあるのは頽廃した葛藤の匂だけです。ジュンが中島安敏に一代の傑作をつくらせたといってよいのだけれど、それでは上滑りな浪曼主義者から一時的にもせよ上滑りをとってしまった彼女の無意識的内部葛藤とは何なのでしょうか。
「霧のかなたに」のポイントは嬰記号にあるのです。

あいしながらわかれた　にどとあえぬひ（と）よ、うしろすがたさみしく　きりのかなたへ　わすれなぐさむなしく　むねふかくだい（て）（ま）どのあかりともして　あのひとをまつの　（ま）どのあかりともして　あのひとをまつの

括弧でくくったところが嬰記号。小川知子の意識はかなり屈折しています。ジュンの意識は尋常な意味では屈折していません。小川知子のメロメロは奥村チヨのそれとは違います。小川知子には自覚的メロメロ型イロニーがあります。哀しいそよ風があります。彼女は最も良質な知識人の一人　Q様、ジュンは「イロニーとしての日本　といったものへのリアリズム」と語らざるを得ないような弱さをもっていません。しかし、確かに、このジュンをしても、九十センチのバストは音をたてて崩れたのです。昭和三十年代型海洋性怨念の軋みは根源的でした。ひとつのドラマでした。決して上滑りではなかったのです。荒々しい男たちとそして夜の女たちを父とした戦いも、やはり崩れるものなのでしょうか。GIたちをかるくあしらってきた〝圧倒的勝利への希求の姿勢〟もやはり崩れるものなのでしょうか。嬰記号は判断停止の美学。革命とはひそやかさのことです。ひそやかさのない革命信じることはできません。しかしひそやかさは必然的に判断停止の美学に流れていくのです。ジュンの無意識的内部葛藤とはこれでした。不可能を可能とする戦いでした。内部葛藤の狭間から、均衡地獄でない正真正銘の新しい血液を創出する戦いでした。

現在の彼女は、流れ流れて充足しその醜い姿をブラウン管を通して全国にさらしています。

Q様、不安定を食べて生きているのです。たいして美味しくもない縮小再生産の不安定を。いずれ天使の誘惑に身を任せるOは、Qの足の重みにおもいをよせるのです。流れず構えずいつもにこやかオバケのQ太郎のQにおもいをよせるのです。切札的確信、縮小再生産記憶、幻の不沈戦艦大和、そして均衡。不良でしょうか。本当の不良になりたいのです。本当の貴族になりたいのです。助けてください。日本人、Oは日本人です。輝き狂う東京のネオンをOは愛します。雨の小磯の桜貝、求めているのは桜貝だけ。ロシア革命は桜貝ではありません。あれは歴史です。ただの歴史。前衛音楽の不協和音とその不協和音に踊る怪しげな女体からOは堪え忍ぶことの辛さをしみじみと感ずるのです。モンマルトルの利休鼠は円山公園の夜桜を濡らしはしません。パリジェンヌの涙はただサクレクールの丘のみが知ります。Q様、西洋はいま黄昏。日本はいま真夜中。日本から西洋の夕焼けは見えません。Oは東京のネオンを楽しんでいるのです。西洋の夕焼けなんかどうだっていいのです。西洋がどうなろうと知ったことではないのです。日本はいま真夜中。日本の青春はもうとうに終わりました。食べているものは不安定です。いずれ天使の誘惑流れ流れて充足しに身を任せるOの食べているものはたいして美味しくもない縮小再生産の不安定なのです。そして、Q様、Oは幻を見たことがあります。哀しく南下する不沈戦艦の幻を。

傾斜すでに二〇度。速力
七ノット　一四時一五分表
示盤警鳴器に赤ランプ誘爆
注意　一二本目の魚雷命中
最上甲板前部海中に沈む
残存速力五ノット　傾斜三
〇度　総員最上甲板後部へ
天皇陛下万歳　一四時二六
分傾斜五〇度艦ついに横倒
しとなる　一四時二八分閃
光そして天地揺るがす大音
響

（1971年2月「早稲田文学」学生編集号）

黛ジュン

土曜の夜何が起きたのか　若しくは
浪漫者の祖国における暗冥なる情念

お　おれは
………
そんな
………
き
器用な
まねの………

できる
男じゃあ
ないんだ………
じ　自分の
おぼえた
………
ことを
………
た　ただ………
それだけを
………
せいいっぱい
………や………
やるしか………
知らない男

………なんだ
ぶ………無器用な
………男が………
無器用に
生きて
………
ぶ………無器用に
………
し　死んで
いく………
た………ただ
それだけの
こと………

なんだ

………

た………

ただ………

………それ………

だけの………

秘剣無双十字ぎり　蕪木無双の最期。

〝あんたの手のうちは　もう見てしまっていたのだぞ　それなのに　どうしておなじ……
まったくおなじ間をよんで　きりこんできたんだ〟

問う無用ノ介。

大地にくずれおちる無双。

雨。

「かくして自我は法や愛や人倫などのような規定をすべて価値のないものとみ、単なる仮象とみるのであり、この自我がそれ自身のうちに集中すること、これがすなわちフリードリッヒ・シュレーゲルによって創案され、他の人々によって復誦されたイロニーであり、神的イロニーである。この立場はすべての実体的な、真実なものを空無と観じ、すべての真に客観的なものを虚無と観ずる立場だということもできる。かく空無として観ぜられるとき、すべての真実な、客観的なものは、主題の思うがままになる。したがって主観はこの空無に満足していることができる。かような主観はそれ自身無内容で空虚である。」

（ヘーゲル『美学』序論・竹内敏雄訳）

すぐれたドイツ・ロマン派批判である。しかし帝国海軍はナチス海軍とは違うのだ。戦艦大和はビスマルクではない。大和はビスマルクよりはるかに粗雑である。そして粗雑さゆえのひそやかな問題がここにはある。法や愛や人倫などのような規定、とヘーゲルが書いたとき、彼の息遣いは果してこの粗雑でひそやかな問題を超えていたか。おそらく超えてはいまい。超えられるはずがないのだ。帝国海軍の象徴が、帝国海軍永遠の旗艦が、大和ではなくして戦艦陸奥であったということを、ヘーゲルは彼の息遣いにおいて理解でき得ない。

一時、黛ジュンが注目されていたようだ。たとえば、「黛ジュン・その土俗的魅力を斬る」

といったような文章をよく見かけたことがある。所謂知識人が彼女に飛びつく心情もわからないでもないのだが、それにしてはみなお粗末である。彼女の核に迫り得た文章は皆無に等しい。九十センチのバストを誇り膝上三十二センチの超ミニでズバッと足を組む彼女を、軽い気持で俎(まないた)にのせ文章を書こうとする甘い根性がだいたい間違っているのだ。

「恋のハレルヤ」から「土曜の夜何かが起きる」までほぼ三年にわたる黛ジュンの軌跡は何であったのか。情況にどう立向かい、また身をそらそうとしたのか。彼女の軌跡は文字通りの軌跡であった。与えられた条件にあう線であった。そこが西田佐知子との違いである。黛ジュンにもし原体験と呼べるものがあるとしたら、それは横浜であり横須賀であり米軍キャンプであろう。そして九十センチのバストに潜む昭和三十年代型海洋性怨念の変種が、四十二年春以降どのような軋みをあげたかが彼女のすべてなのだ。

黛ジュンは強者である。圧倒的強者ではなくして典型的な強者である。いま「典型的」という意味は「圧倒的」というのとは違う。彼女は圧倒的強者ではない。たとえ今そうみえようとも　だ。彼女は自分の性格を、「お天気屋で、利己主義、のんき者、長所は忍耐強い点」と述べている。だいたい自分のことを利己主義者で忍耐強いという人間は、幼い頃おとなしくて恥の意識を強くもっていたのが普通である。彼女もその例にもれるまい。ではその恥の意識をどのように処理したのか。彼女はおそらく小川知子を理解することができないだろう。一見馬鹿にみえないこともない小川知子の頭の切れは抜群であり、その意識はかなり屈折している。黛ジュンの意識は尋常な意味では屈折していない。尋常な意味では、とクギをささねばならぬところに彼女のポイントがあるのだがそれは後で述べる。とにかく彼女は、「イロニーとしての日本といったものへのリアリズム」と語らざるを得ないような弱さはもっていない。恥の意識をどう処理するか、などという上品な問題は彼女にはたたなかったのだ。キャンプまわりを続けなければならぬ。そして人には絶対弱みをみせないことだ。ＧＩが膝上三十センチを凝視しその荒々しい黒い腕がバストに迫るのを感じながら、恥だイロニーだなどと気取っているわけにはいかないではないか。

桶谷秀昭の闘いは困難を極めている。そしてその困難は吉本隆明のそれとは異質であるように想える。二人の位相の違いというより、位相を必然化させた資質の違いであろう。

桶谷は『無名鬼』十一号の時評「初夏に記す冬の印象」を次のように結んでいる。

「花の下にて春死なむそのきさらぎのもち月のころ、という境地は美しい陥穽である。わたしはこの美の陥穽にひきずりこまれること脆い人間である。霏々(ひひ)として降る雪の中を一鴉鳴き過ぎてゆく情景に魂を奪われる人間である。それが何で悪いかという誘いの声を拒け、それは日本的自然観だなと近代主義者の利口ぶった批判を叩き伏せ、その陥穽、日本的自然のただ中に立ってたたかうのがねがいである。」

これは一種の覚悟である。決心である。しかしこれが単なる覚悟や決心ではないところに桶谷の困難のポイントがあるのではないか。噴飯と憤怒ではじまるこの時評は、右に引用した結びの部分を格別必要としないのだ。こんな覚悟めいたことを書かなくとも文章は十分成立っている。悪くいえば蛇足である。なかには、ガキならともかく三十七にもなって今さら覚悟でもあるまい、と笑う批評家もいよう。私は覚悟を揶揄しているのではない。もちろん軽蔑しているのでもない。なぜ桶谷がこのような結びにしたのか、に問題のすべてがあると思うのだ。彼の文章は正直である。正直という表現が悪ければ、彼の文章は彼の心臓の動きと正確に比例している。少しの狂いもない。おそらく彼は原稿用紙を前にした時、己れの心臓のリズムと己れを包む空気の流れと己れの右手の感覚とが調和しない限り一行も書き得ないだろう。心臓のリズム、空気の流れ、右手の感覚、この三つが調和した状態を私は原稿用紙上のオルガスムスと呼ぶのだが、「この陥穽から吉本隆明はまぬがれていない。たれひとりまぬがれている保証はない」から「花の下にて春死なむ……」に移る桶谷の呼吸はオルガスムスに紙一重だとみたい。いうまでもなく桶谷の作業はこのオルガスムスを拒否したところにある。彼は三つが調和しない限り一行も書き得ないであろう己れの資質を凝視し、しかもその資質にのめり込むことせずに勇を奮って紙にむかうのである。彼の文章が心臓の動きと比例しているというのは、だから苦渋に満ちた心臓の動きと比例しているということなのだ。それならば三十七にもなって今さら覚悟でもあるまいにとでも言われそうな部分がなぜオルガスムスに紙一重なのか。

一九七〇年一月二七日午後十一時　NETビッグアップショー「黛ジュン」司会水森亜土

etc　提供三峰

この夜黛ジュンは次の順序で歌った。「雲にのりたい」→「夕月」→「天使の誘惑」→「土曜の夜何かが起きる」六九年から六八年夏にさかのぼり、そして七〇年初頭の「土曜の夜……」とくるわけだが、それでは六八年春以前の歌はどうしたのか。「恋のハレルヤ」と「霧のかなたに」はどうしたのか。古い歌だからはずしたというのか。三峰提供のこの番組は「今週のベストテン」ではない。「ビッグアップショー」である。「黛ジュン全著作集」である。それなのになぜハレルヤと霧をはずした。私は今こう考えたい。六七年の春と秋をこの番組から抹殺したのはディレクターではなくて彼女自身ではなかったか。少なくとも「恋のハレルヤ」だけはいれたい、と主張したディレクターを退けたのは彼女自身ではなかったか。彼女は或る種の闘いと或る種の敗北から身をそらせたのだ。古い歌だからはずしたのでは断固としてない。


四丁目の「根岸家総本店」に入る。

とたんにビートのきいたバンドの音。

中西昭一とザ・レージング。

「これからヤルか?」

「なにを?」

「キミ、やらせる気があるかってんだよ」

「だからなにを？」

「お×××さ」

「あんたずいぶんはっきり言うじゃんか。アタイだって、これでも若いレディーなんよ」

「旅館へいこう。いくらだ？」

「アタイ、そんなんじゃないよ」

「でも、おコヅカイがほしいんだろ」

「そうね」

「バージンはいつなくしたんだ」

「バージン？」

「処女のことだ」

「ショジョ寺のタヌキ林の中で十五の時にね」

　頭が良いのか悪いのかわからない。しかし、頭の良し悪しはこのさい問題ではなかろう。問題はこの少女の体だ。


――「週刊大衆」より引用――


頭の良し悪しなど問題ではない。問題はこの少女の体なのだ。

一月二七日。微笑む黛ジュン。一点を見据えるカメラ。アップ。水森亜土がキーキー質問する。答えるジュン。
〝思いこんだら何でもやっちゃう。そしていつでも後悔する〟〝機動隊キライ〟〝年下の男キライ〟〝妻子ある男スキ〟〝一人になるのイヤ〟〝寂しいのイヤ〟〝大学生なんかキライ〟〝けんかはしないけど思ったことズバズバ言うの〟〝初対面の時よく誤解される〟〝うまく歌えない時その場でワンワン泣いちゃうの〟〝なんでも食べる〟〝でも貧血症なのよ〟〝めんどくさいことイヤ〟〝恋人と二人でいるのが一番いいわ〟〝男らしくて大陸的な人スキ〟

頭の良し悪しなど問題ではない。問題はこの少女の体なのだ。

桶谷の拒否する陥穽とは何か。三十七にもなって今さら覚悟でもあるまいに、とでも言われそうな部分がなぜオルガスムスに紙一重なのか。「インダストリアル・テクノロジイの発展の展望の下に未来をおもう思想と、人間的自然の変革に未来をおもう発想とは、近代にたいする究極の態度決定においても容易に和解しがたい。」とする桶谷が紙一重の差でひきずりこまれることを拒否している陥穽とはいったい何なのか。

しかしこの問はおそらく直線的な意味をもたないだろう。桶谷は透谷ではない。彼は透谷のような死に方はしない。彼は自分自身を識っているはずだ。だから磯田光一は間違っている。「桶谷さん、あなたはたぶん透谷のような死に方をなさるでしょう」と書いた磯田は間違っている。たとえ、これがイロニーとしても　だ。

最も立派で勇気のあることは、淡々と極めて自然に、そしてやさしいさまで行われなければならぬ。昭和十四年の保田與重郎。革命とはひそやかなものだ。ひそやかさのない革命を私は信じない。トスカニーニ。大理石。君よ知るや南の国。ミニヨン。太陽。運動の自由を奪われ速力七ノットに落ちた大和はそれでも全力を出して南下する。二十五年。北の海の小型潜水艦もまた南の国を夢見るのか。ひそやかさ。更級日記の少女。ヘーゲルはともかく、トスカニーニは怪物だ。猫の首に鈴のひそやかさでは勝てない。

ハレルヤ　花が散っても
ハレルヤ　風のせいじゃない
ハレルヤ　沈む夕陽は
ハレルヤ　止められない
愛されたくて愛したんじゃない
もえる想いを
あなたにぶっつけただけなの
帰らぬあなたの夢が
今夜も私を泣かす

愛されたくて愛したんじゃない
もえる想いを
あなたにぶっつけただけなの
夜空に祈りをこめて
あなたの名前を呼ぶの

昭和四十二年二月十五日。やがて桜。春。五・二八砂川。黛ジュンの屈折。闘い。南下。石原プロ。慎太郎・裕次郎・ジュン。彼女は沈む夕陽を止められたか。もえる想いは相手の心臓を貫き得たか。四十二年春。ソユーズ一号地表に激突。大佐コマロフ。〝涙かくしほほえむわびしさ〟と歌ったのは西田佐知子である。ジュンはこの懐かしさを突抜けることができたか。〝悲しみにとざされたこの胸つめたく　たたずむ影にそそぐ夜霧よ〟多くの人が拒否し、または自らが望んだ〝影にそそぐ夜霧〟に溺れることなかったか。夜の蝶が今日も悲しく燃えて咲く、国際線待合室（インターナショナル・ロビー）は青江三奈。ジュンに三奈は理解できぬ。小川知子に三奈は見えるがジュンには見えない。小川知子はあまりにもやさしい知識人。ジュンは海洋性生活者。ジュンは四十二年春勝負にでた。「恋のハレルヤ」は闘いの歌。そして傑作「霧のかなたに」を用意した歌。小川知子の屈折。これは当然のことだ。別に騒ぐことはない。黛ジュンの屈折。南下。沈む夕陽止めて大理石を。トスカニーニ。いやトスカニーニとは言わぬ。言ったら自分が惨めだ。オリーブ。レモン。ああ、沈むことなき太陽。ジュンは屈折していない。だから彼女の屈折は凝視に堪え得るのだ。彼女は君よ知るや南の国ではない。彼女は何も知らぬ。知らぬから知子の屈折はない。ジュンはその存在において屈折そのもの。二度目は喜劇として、もしくは馬鹿げたドン・キホーテが突っ立っていると橋川文三から指摘されたあの慎太郎と似ていないこともない。小川知子は〝ゆうべのことはもう訊かないで〟と歌う。橋川は〝馬鹿げたドン・キホーテ〟と慎太郎を指差す。橋川にないものが小川知子にはある。語らないことによって小川知子は辛うじて群の外にいる。メロメロ三人娘（奥村チヨ・いしだあゆみ・小川知子）の中で、知子は上製の絹。

いうまでもなく、この時代における最も確かな生き方は、無様にものを書き記すところにあるのではなくそれを拒否したところで〈闘争〉に参加し獄中にあるか、それとも黙って生活者として日常を織り綴っていく過程にある、ということもできる。だが、それは最も確かであるとともに最も安心できる生き方でもある。眼に視える〈敵〉と対峙しそのことによっておのれの〈存在〉を確立させようとする試みは、なによりもわたしたちが通過した経験によって〈敵〉そのものの形態を内に孕まざるを得ない危機を教えてくれたし、言語活動を否定することによってある場合はみずからの属する党派の言語しか許容できぬ不可思議な言語崇拝を出現せしめるに至った。

……わたしたちはみずからの精神の暗部を行為によって跨ぎ越す失策をとらない。〈当為〉を拒否する、とはこのことの謂である。

……予感としてしか語ることのできないわたしたちの不確かな位置へむけての、おそらくは長い旅となるであろう出立の暗闇のなかで何度となく確かめておかねばならないのは、わたしたちがみずからの現場からの「実感」を「世代」という基底で安住させてはならないということであり（それは昭和十年代への退歩だ！）、わたしたちがかつて手に入れたことのない新たな思考の構造を獲得しなければならない、ということである。

わたしたちの〈火急〉はそのことをよくなしうるであろうか、という問いは党派の学生運動と訣別し風俗化した全共闘運動とも訣別したわたしたちの語る言葉が、決して彼らの耳に聞かせるためではなく他ならぬおのれの耳を連打する舌が開示する世界を創出する闘いにのみ墜ち尽しまた行為するということにかかっているであろう。

ただひたすらくらい未来へ！　である。

（『火急』発刊宣言より）

大岡昇平『花影』について触れた一中大生のレポートを読んだ磯田光一は、「もっともよく闘った者の心に最終的に訪れるのが〝吉野の桜〟のイメージであるという一事は私を暗然たる想いに陥れずにはいない。日本的心情の美学をおのれの内なる恥部としてそこからの脱皮に努めてきた私の過去一〇年の仕事もこの一編のレポートによって一端が崩れ去るのではないかという想いを私はいだかずにはいられなかったのである。いったい戦後の近代主義がこの〝吉野の桜〟の美と魔力に抗しうるどんな思想を生んだであろう。」（日本的自己否定の屈折・『現代の眼』六九・十）と書き、「〝吉野の桜〟をどうするかという問いは巨視的にいえば〝日本〟をどうするかという問にそのままつながっている。そして私の心は少しも明るくならないのである。」と結ぶ。

最近の磯田の仕事ぶりに私はやや不満である。人並はずれて頭の回転が速いといわれる彼の、ある思想的負性が顔をのぞかせたなという想いを禁じ得ない。磯田は確かに横ぶれしている。そうでなかったら次のような文章書けるわけがない。

「全共闘の尖端部分は〝暗殺〟の系譜を継承している。しかし試験粉砕を唱えて試験を受けにくる全共闘はすでに古典的組織論から完全に自由なのである。安部公房の『榎本武揚』に見られる転向論を自然発生的に身につけたものこそ全共闘の流動的部分であるからだ。ここにプラスの兆候を見ることなしにいったい戦後世代のどこにプラスの要因がありえようか。もし〝暗殺〟を超える思想があるとすればナショナルな情念の風化をプラスと見る思想以外にはないであろう。」（武装的心情主義のゆくえ・『映画芸術』六九・十二）

磯田は確かに横ぶれしている。「いったい戦後の近代主義がこの〝吉野の桜〟の美と魔力に抗しうるどんな思想を生んだであろうか」というのは彼のある意味での本音であろう。しかし、安部公房にすいよせられる磯田光一、というのもまた真実なのだ。そして、「〝吉野の桜〟をどうするか」から、「私の心は少しも明るくならないのである」までのトーンは、緊迫感に欠けるといった意味での濁りがあるように私には思える。正確に言うと磯田の場合、問題は横ぶれそのものにあるのではない。問題は横ぶれの色彩。緊迫感に欠けるといった意味での濁り。「少しも明るくならないのである」という言葉に見合った絶望的かつ静寂な呼吸の陰翳がこちらがわにまったく伝わってこないのだ。「ここにプラスの兆候を見ることなしに」から、「ナショナルな情念の風化をプラスと見る思想以外にはないであろう」までも同じである。凝縮された呼吸の陰翳のかけらもない。実に軽くていいかげんである。磯田ともあろうものがこれはどうしたわけなのか。勿論、凝縮された呼吸の陰翳のかけらもないが故に反比例としてある彼独特の陰翳を理解できぬわけではない。いいかげんはともかくとして、軽さは磯田の一つのあこがれでさえある。もしかして本人も気付かぬところの気弱いイロニーとしてのあこがれ。磯田がインターナショナル志向を口にするときのやさしさは本物だ。確実に恥と衒いに裏打されている。日本的心情の美学に対する恥と衒い。だから「日本的心情の美学をおのれの内なる恥部としてそこからの脱皮に努めてきた私の過去一〇年の仕事」は決してインターナショナルなものへつながりはしない。「おのれの内なる恥部」は二重に屈折している。磯田のインターナショナル志向は昭和十年代のマルクス主義者とはまた違った意味で極めて日本的だ。私は磯田光一という人間が好きである。やさしさをもった人間が、やさしさの夜霧の彼方にあるひそやかさを己が手にすることができないでいるのを残念に思う。

さて『火急』だ。私は佐々木幹郎の詩が好きであり、それにもまして昨年彼に六千円ばかり借りているのであまり触れたくないのだが少しだけ書いておく。はっきり言って『火急』創刊号は私などとかなり感じが違うようだ。「この時代における最も確かな生き方は、無様にものを書き記すところにあるのではなくそれを拒否したところで〈闘争〉に参加し獄中にあるか、それとも黙って生活者として日常を織り綴っていく過程にある」と私は考えぬ。まして、「だが、それは最も確かであると共に最も安心できる生き方でもある」などと決して思わぬ。なんで生活者として日常を織り綴っていく過程が安心できる生き方なものか。八百屋も知識人も男も女も、人間はそんなふうにできてはいない。だいたい、ものを書くことを拒否、〈闘争〉参加、生活者としての日常を織り綴る、最も確か、最も安心できる、といった図式を私は好きではない。私だったらたとえそう思っても書くことはしない。歯が浮いてしまってとても書くことできぬ。文章において文字何の役にもたたず嗅ぐべきは行間の色彩のみ。何が確かで何が安心できるかなど問題ではないのだ。ものを書く、〈闘争〉、生活者、日常、と並べそこから逃げてしまったものを『火急』発刊宣言はその行間に確保しているか。行間の色彩は、何が確かで何が安心できるか、といったことを超えているか。沈む夕陽止めようとした黛ジュン。私が気にかかるのはたとえば「眼に視える〈敵〉と対峙しそのことによっておのれの〈存在〉を確立させようとする試みは、なによりもわたしたちが通過した経験によって〈敵〉そのものの形態を内に孕まざるを得ない危機を教えてくれたし、言語活動を否定することによってある場合はみずからの属する党派の言語しか許容できぬ不可思議な言語崇拝を出現せしめるに至った」の部分。眼に視える〈敵〉と対峙しそのことによっておのれの〈存在〉を確立させようとする試みがピンチなのは沈む夕陽より確かなことだ。わたしたちが通過した経験によって、などと書くべきではない。遠い日、はじめての光、ハンモックの夢、言葉もなく、知っていたのは母親の乳房と、そして〈敵〉によって〈存在〉を確立させようとする試みの虚しさ。吠える犬の視線宙に浮く。「みずからの属する党派の言語しか許容できぬ不可思議な言語崇拝」所謂新左翼の党派に〈不可思議な言語崇拝〉などない。言語崇拝の出現が問題なのではなく、言語崇拝すらないことがむしろ問題とされるべきなのだ、言語崇拝すらないことが、いや似非言語崇拝しかないことが。私の神経が鈍いせいもあるだろうがどうも『火急』とはサイクルがあわぬ。みずからの精神の暗部を行為によって跨ぎ越す失策、と私は書きたくない。精神の暗部を行為によって跨ぎ越すことを私は好きである。たとえどんなに安っぽい行為であろうとそれが〈失策〉という極めて下品な二字におさまるものか。もしかして発刊宣言はその全体がイロニーではないか、と考えてしまうほど『火急』とはサイクルあわぬ。党派内での活動、党派の言語しか許容できぬのはあたりまえのことだ。誤解を恐れずに言ってしまえば、党派とは人の命奪うものでなければならぬ。本質的な意味で言語崇拝を出現させ、本質的な意味で人を殺すものでなければならぬ。そして党派に加入するとは、己れの脳髄この言語崇拝状況人を殺し殺さる狭間の内浸（うち）すことだ。言語崇拝人殺し殺さる狭間の内遥かなるアラモ遠くの街建礼門院右京大夫そして快感。人を殺しまた殺さる通り一片の快感ではない。遥かなるアラモ遠くの街想うが故の快感である。マルキシズム憎悪する献身的マルキストの快感である。精神の均衡絶望の処世術。保田與重郎。海。判断停止の美学。それは昭和十年代への退歩だ！　と書いた『火急』はこの精神の均衡絶望の処世術をいかに超えようというのか。党派の学生運動と訣別しまた風俗化した全共闘運動とも訣別したという彼等に私など　とやかくいう筋合いまったくないのだが許してもらいたい。ただ「予感としてしか語ることのできないわたしたちの不確かな位置へむけての、おそらくは長い旅となるであろう出立の暗闇のなかで……」「わたしたちがかつて手に入れたことのない新たな思考の構造を獲得しなければならない、ということである」などの語り口に私は一抹の不安を覚えるのだ。あまりにも滑らかすぎはしないか。適確すぎはしないか。適確即真正では決してない。『火急』の適確はハンモックの夢超えているか。宙に浮く犬の視線超えているか。そして、言語崇拝人殺し殺さる狭間超えているか。発刊宣言の結び「ただひたすらくらい未来へ！」がもし力を失っているとしたら、それは「わたしたちはみずからの精神の暗部を行為によって跨ぎ越す失策をとらない」と書くことによって逃げてしまったものと正確に比例しているはずだ。昨年佐々木幹郎は読書新聞十月二〇日号で「ボルシェヴィキ革命はドストエフスキーが堂々めぐりし苦痛の叫びをあげた人間精神の変革の地点を跨ぎ越したのである」とする桶谷を引用したあと「同じ雑誌（現代の眼・六九・十）で磯田光一が『日本的自己否定の屈折』と題して、『近代資本主義に侵蝕された日本を、もう一つの日本に変える運動が…吉野の桜…として〝散る〟という思想なしには、遂に果し得ないとは、一体何を意味しているのであろうか。』と問う姿勢が、『元来は〝反体制的主体〟という考え方には〝当為(ゾルレン)〟の意識がまつわりついている。そして〝当為(ゾルレン)〟によって自己の生活意識を規制している限り、常に〝存在(ザイン)〟の領域はこぼれ落ちる。』（徒党の思想への訣別・潮・六九・十）そのこぼれ落ちた領域をすくい上げる地点に立つ時、わたしたちは死者たちの瞳を直視することのできる自らの瞳を獲得することができるだろうと思うのである。」と書いているが、この文章私には倍音の共鳴もない。磯田の問の姿勢佐々木はどのように受取ったのか。桶谷とはある意味でまったく正反対の道歩む磯田、胸中みごとなまでに屈折しやさしく震えているのだ。二重の屈折ということを忘れてはならぬ。磯田は二重の屈折やさしい震えによって磯田である。そうでなかったら彼の書いたものに意味などない。屈折と震えを抜きにして考えてみよう。「近代資本主義に侵蝕された日本を、もう一つの日本に変える運動が…吉野の桜…として〝散る〟という思想なしには、遂に果し得ないとは、一体何を意味しているのであろうか」正確風化の文章である。〝一体何を意味しているのであろうか〟力無く内容無い問。姿勢ともいえぬ姿勢。この姿勢が『榎本武揚』の安部公房を呼び、「おれたちをつかまえることもできぬニッポンおれの独立をつぶすこともできぬニッポンおれたちに手をふれることもできぬニッポン、さよならのニホン、おまえたちいつから居るのかそこに、おれはオペラの中にいてオペラを見ている、いじけた奴しか知らない国ニッポンいじけた人間共の島ニッポン、異邦だどうせ異邦ならとことん異邦に変えよう」の芥正彦を呼ぶ。一中大生のレポートに暗然「ワギナで泳げニッポン」に愕然の磯田が何を語ろうとそれは正確風化以上のものにはなり得ない。暗然愕然別に悪いことではないが、その様の質(たち)少し悪すぎる。「元来は〝反体制的主体〟という考え方には〝当為(ゾルレン)〟の意識がまつわりついている」これはいいとして、「そして〝当為(ゾルレン)〟によって自己の生活意識を規制している限り、常に〝存在(ザイン)〟の領域はこぼれ落ちる」こう簡単に書かれると私が困るのだ。当為によって自己の生活意識を規制していない限り存在の領域こぼれ落ちる、などと言うと馬鹿にされるから言わないが当為による生活意識規制必ずしも存在の領域侵さないのではないか。というよりも、当為、生活意識規制、存在、こぼれ落ちる、と書くことの裏側に潜む陥穽生活意識規制より質悪く危険なのではないか。当為存在、括弧つきの当為存在記号当為存在に横すべりする。私は当為の意識好きだ。そして存在云々嫌いだ。甘ったるいオブラートにくるまれた存在云々嫌いだ。反体制的疑似主体を言っているのではない。落ちるものは落ちる。すくい上げようとするとなお落ちる。すくい上げる、というのは記号当為存在が用意したやはりひとつの記号。括弧つきでなく記号でない当為存在は二重三重屈折綱渡りの内にある。トスカニーニの知らぬ綱渡り。「徒党の思想への訣別」徒党の思想とは、党派の思想とは、それは究竟訣別前提にしなければ語れぬものなのか。徒党、党派、そして規律には身沈めることならぬのか。二重の屈折やさしい震え磯田光一。いま屈折と震えを抜きにして考えている。

桶谷　吉本さんは戦後社会に対してかなり批判的な意見を出しているけれども、やっぱりそれは戦後の枠内で出しているんですね。それが僕は吉本さんに対する不満なんです。なんでもっと日本近代の総体まで行かないのか、ということなんですね。

磯田　僕の場合もどっちかというと、戦後の枠内で出しているんですよ。だから結局ね、たとえば手近な問題で言えば、学生ストなら学生ストというものが起きるとしますね、そうするとその運動家っていうのは、ひじょうに、猛烈にラジカルになるわけです。彼等の精神を支えているのは何かと言うと、ある意味で節操というか一種の心情的な倫理ですね。それに対して無関心派というのは、ようするにあなたの言われる欲望自然主義の状態にあるわけです。その場合、どっちをプラスに取るかという問題が出てくるわけでしょう。その場合少くとも、時代の推移という点からすれば、学生運動家の方がはるかにまじめであり古いんですよ。美徳を持ってますからね。ところが政治無関心派っていうのは、典型的な戦後的人間なんであって、それは思想としての確立はされていないけれども、僕はそれをマイナスと見たんでは今後の日本を考えられないって気がするんです。

桶谷　今の学生前衛という問題になりますがね、僕は学生前衛をいわゆる倫理的節操感が有るとは見ないんです。あれはやはり欲望自然主義の円環の一つだと見ているわけです。

磯田　はは あ、それは面白い見方ですね。

桶谷　ですから僕の言ういわゆる節操を持った人間というのは、いわゆる学生前衛に対する無関心派でもなくて、何ていうのかなあ……、その中間というものが考えられるとしますとね、つまり「個人」という意識を伝統的ストイシズムで支えてゆくというあたりに在るんじゃないかという気がするんですよ。

（座談会・「日本浪曼派」の功罪・日本浪曼派研究三号）

大久保典夫司会するこの座談会、とりたてて言うほどのこともないのだが、磯田桶谷のやりとりはかなり面白い。私が本当に引きたかったのは桶谷の次の発言である。

「今の学生前衛という問題になりますがね、僕は学生前衛をいわゆる倫理的節操感が有るとは見ないんです。あれはやはり欲望自然主義の円環の一つだと見ているわけです」磯田は、「ははあ、それは面白い見方ですね」と言うが別に面白くもなんともなく桶谷はただ事実を語ったにすぎないのだ。そして人はこの事実、安物のサングラスをかけて見る。質の悪い理屈をくっつけて語る。安物のサングラス。質の悪い理屈。むろん磯田をそうだとは言わぬ。しかし〝個の原理〟とはなにか。〝ドライな若者〟とはなにか。〝良い兆候〟とはなにか。〝学生運動家、節操、美徳・政治無関心派、戦後的人間〟とは何処からでてきたか。磯田の構図、いちいちもっともすぎるように見えてその実浅いところ深いところ共に誤っている。徒党の思想、党派の思想、訣別前提にして語った瞬間その核宙に浮く。ドライな若者、言った瞬間若者は姿消す。〝学生運動家、節操、政治無関心派、戦後的人間〟作図した瞬間魂かよわぬただの絵となる。きれいごとすぎるのだ。きれいごと並べながら〝良い兆候〟云々してもはじまらない。きれいごとは次のきれいごと呼ぶだけ。桶谷は〝欲望自然主義の円環の一つ〟と言った。欲望自然主義という言葉にまつわる彼の様々な意識の線が私には気にかかるのだがそれは後に述べるとして、その後〝円環の一つ〟という言い方に込める意味は微妙である。

幾人の人を癒やし、幾人の人を殺した此寝台の上、親み慣れた薬の香を吸うて、濤音遠き枕に、夢むともなく夢むるのは十幾年の昔である。ああ、藤野さん！　僅か八歳の年の半年余の短い夢、無論恋とは言はぬ。言ったら人も笑はうし、自分でも悲しい。唯木蔭地の湿気にも似て、日の目も知らぬ淋しき半生に、不図天上の枝から落ちた一点の紅は其人である。紅と言へば、ああ、かの八月の炎天の下、真白き脛に流れた一筋の血！　まざまざとそれを思出す毎に、何故といふ訳もなく私は又、かの夏草の中に倒れた女乞食を思出すのである。と、直ぐ又、私は、行方知れぬ母の上に怖しい想像を移す。喀血の後、昏睡の前、言ふべからざる疲労の夜の夢を、幾度となく繰返しては、今私の思出に上る生（うみ）の母の顔が、もう真の面影ではなくて、かの夏草の中から怨めし気に私を見た。何処から来て何処へ行ったとも知れぬ、女乞食の顔と同じに見える様になったのである。病める冷き胸を抱いて、人生の淋しさ、孤独の悲しさに遣瀬もない夕べ、切に恋しきは、文字を学ぶ悦びを知らなかった以前である。今迄に学び得た知識、それは無論、極く零砕なものではあるけれ共、私は其為に半生の心血を注ぎ尽した。其為に此病をも得た。而して遂に、私は果して何を教へられたであらう？　何を学んだであらう？　学んだとすれば、人は何事をも真に知り得ざるものだといふ、漠然たる恐怖唯一つ。

　ああ、八歳の年の三月三十日の夕！　其以後、先づ藤野さんが死んだ。路傍の草に倒れた女乞食を見た。父も死んだ。母は行方知れずになった。高島先生も死んだ。幾人の友も死んだ。軈（やが）ては私も死ぬ。人は皆散り散りである。離れ離れである。所詮は皆一様に死ぬけれど、死んだとして同じ墓に眠れるでもない。大地の上の処々、僅か六尺に足らぬ穴に葬られて、それで言葉も通はねば、顔も見ぬ。上には青草が生える許り。

　男と女が不用意な歓楽に耽ってゐる時、其不用意の間から子が出来る。人は偶然に生まれるのだと思ふと、人程痛ましいものはなく、人程悲しいものはない。其偶然が、或る永劫に亘る必然の一連鎖だと考へれば、猶痛ましく、猶悲しい。生まれなければならぬものなら、生まれても仕方がない。一番早く死ぬ人が、一番幸福な人ではなからうか！

（石川啄木・二筋の血）

明治四十一年の佐藤藤野は四十四年後昭和二十七年、墜落木星号で伊豆の海に潜った。陥没陥没二十五年。「赤いリンゴに唇よせて、だまって見ている青い空」これは明るくさわやかな歌ではない。怖ろしい歌。身の毛も彌立つほど怖ろしい歌。猿、人間、狂人の進化論図式など問題にならぬくらい狂気を秘めた歌。終末的短調的、そして鍾乳洞的狂気。墜落木星号佐藤藤野。「水色のワルツ」は「上海帰りのリル」を用意する。処遇水色。ならわしとはいつの間にか身にしみるものだ。囁（ささや）き夜霧にぬれ心の窓をとじて忍び泣く。「恋の丸ビルあの窓あたり泣いて文（ふみ）書く人もある」二・二六を経て水色に漂う影。陥没二五年の幻想的不敗感。港が見える丘には色あせた桜唯一つ。横浜。黛ジュン生んだ横浜。けれどジュンは上海知らぬ。紅いランタン知らぬ。上海想うのは青江三奈。伊勢佐木町から山下埠頭に抜けた青江三奈。「船をみつめていた　ハマのキャバレーにいた　風の噂はリル　上海帰りの　リル　リル」「黒いドレスを見た　泣いているのを見た　戻れこの手にリル　上海帰りの　リル　リル」この姿勢「暗い運命（さだめ）は二人で分けて　共に暮らそう昔のままで」の希求に、そして最後は「リル　リル　今日も逢えないリル　だれかリルを知らないか」と流れる。昭和九年ワーレンの上海リル。佐野学。シェストフ。相沢中佐。山王ホテル。百人一首の最後順徳院引く保田「これで日本の文学は終った、ということです」一二時二六分敵機影発見。一二時三四分左前方層雲より急降下。一二時三八分後部電探室付近に最初の命中弾。一二時四六分左舷に魚雷命中。南下。一三時一八分第二波来襲。一三時二一分二本の魚雷命中。いずれも左舷。艦左に傾く。第四第一四機銃塔全滅。浸水と注水で吃水深く速力一八ノット。南下。一三時三六分第三波。中部甲板に八発目命中。一三時五〇分左舷傾斜一六度。右舷の機械室に注水。一四時注排水指揮所破壊さる。南下。一四時八分第四波。もはや運動の自由奪われスピードなく反撃の砲火もなく敵の攻撃に身をまかせるより外に手のない状態。それでもなお全力で南下。傾斜すでに二〇度。速力七ノット。一四時一五分表示盤警鳴器に赤ランプ誘爆注意。一二本目の魚雷命中。最上甲板前部海中に沈む。残存速力五ノット。傾斜三〇度。総員最上甲板後部へ。天皇陛下万歳。一四時二六分傾斜五〇度艦ついに横倒しとなる。一四時二八分閃光そして天地揺るがす大音響。二一年の桜。神格否定宣言。イールズ。ニコライの鐘。六全協。国会南通用門。エリカの花散るとき。二五年。嗚呼、北の海の小型潜水艦もまた南の国を夢見るのか。「リル　リル　今日も逢えないリル　だれかリルを知らないか」下山三鷹松川のリル。朝鮮戦争のリル。私は知っている。リルが今何処にいるか私は知っている。リルは池袋。リルは美久仁小路。「逃げてしまった幸福は　しょせん女の身につかぬ」渡久地政信。「水色のワルツ」に涙し憑かれたように「上海帰りのリル」作曲渡久地政信が、潜伏十八年の後青江三奈「池袋の夜」を作ったことを忘れてはならない。二十五年。夜の池袋彷徨うリル。柴山幹郎なら笑うだろうか。「記憶の幻域を隠微な自己規制が象っている冥府のあかつきには悲歌挽歌のたぐい、いくら雁首揃えたとて何の効にもなるまい」と北大新聞六四九号に書いた柴山幹郎なら私を笑うだろうか。「たやすくは飛べるものか」の柴山の呼吸陥穽云々する気など今毛頭なくまた樺太経由沖縄行ワギナ航路などとキザるつもりもないのだが、柴山読むと私はすぐ佐々木幹郎を想うのである。そして少しずつ楽しくなり日本が生んだ世界に誇るR&B内藤洋子「白馬のルンナ」となってしまう。松山善三言うのだから確かとは思うけれど、馬というのは笑うものであったのか。それも「ククク」と笑うものであったのか。大抵の犬尻尾踏むと「キャン」と言って飛上がる。思い切り強く踏むと「キャイーン」猫も唖然とする程高く飛上がる。しかしペンギンは違うのだ。南極に住む或る種のペンギンは違うのだ。身長二メートルのこのペンギンは何も知らぬ。知っているのはごく少数の仲間と妻と子供の顔だけ。小魚別として彼は彼等ペンギン以外の生き物全く知らぬから警戒心などない。敵の概念などない。意識の内なる敵もなくむろん屈折も綱渡りもない。ある日突然大事件が起こった。某国南極観測隊がペンギン部落の近くに基地をつくったのである。忙しげに動きまわる人間たち。人間はペンギン知っているがペンギンは人間知らぬ。初めて見る奇怪な生き物。いやそもそも奇怪という概念ないからその時のペンギンの胸中察するにあまりある。警戒心なく天使のように清らかな好奇心が意識の百パーセントを占めた彼等は部落をあげて基地見物。人間達は面白がって彼等の頭を撫ぜたり頬にキスしたりする。先入観念も予備知識もない天使ペンギン正真正銘の初体験。一片の醜さなく真綿の好奇心で人間たち追いかけトコトコトコ。だが観測隊にはペンギン知らぬものもいた。犬である。犬は動物園に行かぬからペンギン知らぬ。人間たちは仕事の合間に頭を撫ぜたりつついたりして結構楽しんでいるが犬にとってはペンギンの存在大問題。南極観測どころではない。犬は何でも識っている。感情の機微も東京タワーも自動車も機動隊もテレビも喫茶店も。警戒心敵の概念ももちろんあり屈折や綱渡りも場合によってはある。天使ペンギンが犬を見つけた。清らかな好奇心でトコトコトコ。焦ったのは犬。犬と生まれて以来最大の愕き。それはそうだろう。種族の誇りをかけて猫との熾烈な闘争に明暮れていた犬だ。トコトコトコはやや凄みに欠けるがなにしろ身長二メートルである。食われると思ったのも無理はない。今まで経験したことない身を縛る恐怖。ペンギンはすぐ前まできてじっと見ている。全力で吠え威嚇する犬。やがて身縛る恐怖に堪えきれなくなり牙むいて襲いかかる。ペンギン動こうとしない。飛び散るおびただしい量の血。倒れる二メートル。散点する臓腑。ペンギンには警戒心なかった。敵の概念なかった。襲われて殺されるという意識なかった。あったのは真綿の好奇心トコトコトコだけ。食いちぎられ散点する自分の臓腑見たペンギンは、それらに真綿の好奇心トコトコトコの眼を向けながら息絶えた。

あれは、十二年前の冬だった。

「あなたは、更級日記の少女なのね。もう、何を言っても仕方が無い。」

さう言って、私から離れて行ったお友達。あのお友達に、あの時、私はレニンの本を読まないで返したのだ。

「讀んだ？」

「ごめんね。讀まなかったの。」

ニコライ堂の見える橋の上だった。

「なぜ？　どうして？」

　そのお友達は、私よりさらに一寸くらゐ背が高くて、語學がとてもよく出来て、赤いベレ帽がよく似合って、お顔もジョコンダみたいだといふ評判の、美しいひとだった。

「表紙の色が、いやだったの。」

「へんなひと。さうぢゃないんでせう？　本當は、私をこはくなったのでせう？」

「こはかないわ。私、表紙の色が、たまらなかったの。」

「さう。」

と淋しさうに言ひ、それから、私を更級日記だと言ひ、さうして、何を言っても仕方がない、ときめてしまった。

　私たちは、しばらく黙って、冬の川を見下ろしてゐた。

「ご無事で。もし、これが永遠の別れなら、永遠に、ご無事で。バイロン。」

と言ひ、それから、そのバイロンの詩句を原文で口早に誦して、私のからだを軽く抱いた。

　私は恥づかしく、

「ごめんなさいね」

と小聲でわびて、お茶の水驛のほうに歩いて、振り向いてみると、そのお友達は、やはり橋の上に立ったまま、動かないで、じっと私を見つめてゐた。


（太宰治「斜陽」）

負性のトコトコ昭和二十二年の太宰治。屈折浄土エイナス感覚ユートピア。ハタ坊ハタ坊デロリンマンの饗宴何処(いずこ)。

桶谷は〝欲望自然主義の円環の一つ〟と言った。〝円環の一つ〟という彼の言い方微妙だがそこに込められた意味もっと微妙である。「どこか寂しい愁を含む　瞳いじらしあの笑くぼ　ああ東京の花売娘」「右のポッケにゃ夢がある　左のポッケにゃチューインガム　空を見たけりゃビルの屋根　もぐりたくなりゃマンホール」「姿変われど変わらぬ夢を　今日も歌うか都の空に　ああニコライの鐘がなる」のミルク飲み「君の名は……とたずねし人あり」で離乳、そして「波止場通りを左にまがりゃ　ああ港町十三番地」「あなたを待てば雨が降る　濡れて来ぬかと気にかかる」経て行合ったひとつの時代。飼育パルタイピーナッツ。沖縄特攻大和祈る少女七歳西田佐知子。三十五年六月十六日付朝日朝刊「全学連国会構内に乱入女子東大生が死亡。」フジテレビ天馬天平。文化放送オヤカマ氏とオイソガ氏夜沖縄戦史酒井哲。影。藤野の真白き脛流れた一筋の血。紅の残像。十年。屈折と震えなき磯田に意味はない。上滑りな「徒党の思想への訣別」語る磯田に意味はない。後でゆっくり聞きたいが私には佐々木幹郎理解できぬ。磯田引用した時の佐々木幹郎理解できぬ。問の姿勢がゾルレンザインの構図描くとき宙に浮いた犬の視線言語崇拝人殺し殺さる狭間闇に消える。磯田の本質は二重の屈折やさしい震えにあるのだ。インターナショナル志向口にするとき彼の頬は気弱く紅潮する。「ペニス感覚では当座々々の目的に向ってのひたむきな苛立ちがあるばかりである。というのは、ペニス感覚はヴァギナ感覚の伴侶であり、且つ共犯者であるからだ。只ひとりエイナス感覚のみがエロティックゾーンの焦点として、ナルシスの環を守護し、たまたま閉塞状態を破るに及んで歴史的に展開する。」と言ったのは稲垣足穂だが、日本的心情の美学にたいする恥と衒い内に秘め昭和十年代のマルクス主義者とはまた違った意味で極めて日本的な磯田光一究極の姿勢はやさしく気弱い二重構造負性違和感である。

（1970年5月「遠くまで行くんだ…」4号）

更級日記の少女　日本浪曼派についての試論（一）

序（一）

イメージⅠ

「どんと乗り切れ落ち目の邦画、度胸ひとつで押していけ。こんな冷たい世間と知らず、東映のため命を賭けて、顔で泣かずに腹で泣く。男なら男なら、七つ転んで八つで起きろ、やがて夜明けの来るそれまでは、赤い夕陽に背を向けて、胸にはあしたの血潮を燃やせ。

おぼろ月かよ新宿東映、義理と人情のしがらみかけて、ままよ今宵はオールナイト、意地で支えて見る映画、やくざなりたや唐獅子牡丹、きらり光った流し目が、「死ね！」と一言、血が血を呼んで、ワッと湧かせる夜の新宿（じゅく）。ボンド、ドロンはお呼びでない。兄貴一人のこの世界、じゃまな奴なら払って通る、それが兄貴の性分さ。テレた芝居の人なつっこさに、無理に作ったポーカー・フェース。学生、ヤーさん、インテリ屋、男なりゃこそただ一度、ほれてみたいや高倉健。とかく女は苦手だよ。聞いたせりふが泣かせるぜ。アングラ、サイケ、フーテンと、モノ風俗一色の新宿に、たったひとつきらりと光ったひとつ星、その名もォ男一匹高倉健。なよなよ文化にドスがとぶ。軽量級のその下の、そのひとつ下のハレンチ族、みんなまとめてあの世いき、おとも名高き高倉殺法。」

横尾忠則の高倉健へのラブレターである。歴史に残る傑作「わが四才の地獄遍歴―第一景・血の須磨海岸の図」の作者、命を賭けての恋の相手は高倉健。今年の夏一番の純愛物語。

イメージⅡ

フーテン美穂の悲しみ。「きみの問いはなにか」の氏原工作には彼女の悲しみがわかるまい。「美しくみじめな季節というのは、大江か柴田翔の発想法だ。僕たちは今、カー・セックスの多様性を奪うリクライニングシートを憎んでいる。美しいとか、みじめだとか言っている余裕はない。」という氏原工作は、たとえば金井美恵子の感性をもっと恐れたほうがいいだろう。

唐十郎が「戦後の若者はまだなにもやっていない。ますます死相を帯びるだけだ。」と叫んでいる。僕と美穂は手をとりあって新宿の裏側までつきぬけねばならぬ。僕は美穂の、あのやわらかな髪の毛を僕の唇で濡らしてみせるし、美穂は僕のことを抱きしめて、必ず眠りのない港町から遠くをめざして旅立つに違いない。
フーテン美穂。更級日記の少女。

イメージⅢ

ガラスの器にふりかかり外の寒さを侘しむる　遠いしずくが落ちました。
いかにその世のむなしさを思い出すにもはるかなる　遠いしずくの音を聞く

「或晩秋の日、女は夫に従って、さすがに父母に心を残して目に涙を溜めながら、京を離れて往った。幼い頃多くの夢を小さい胸に抱いて東から上って来たことのある逢坂の山を、女は二十年後に再び越えて往った。

「私の生涯はそれでも決して空しくはなかった――」

女はそんな具合に目を赫(かが)やかせながら、ときどき京の方を振り向いていた。」

こう書いた堀辰雄がなぜ更級日記の少女にひかれたのか僕は知らない。けれども、これは断じてリルケ的な人生論ではないのだ。天井桟敷の伊藤牧や、「ハンプティに語りかける言葉についての思いめぐらし」の金井美恵子、そして、眠りのない港町に佇む多くの少女たち、流れる涙は海となって静かに僕たちを待つ。これはリルケではない。僕たちは行かねばならぬ。行って泳ぎ切らねばならぬ。

序（二）

「私はこんな光景をみてゐる内に、何とも言へぬ心持になりました。ひどく心細い様な、そのくせ、いつまでもここでかうしてじっとみてゐなければならないかの様な。そして、自分が今此処で身動き一つしても、きっと、この馬も、号令をかける人もさくも何もかも皆いなくなってしまって、私一人ぽつんと広い原中に取り残されるのに相違ない……」

（伊東静雄「山科の馬場」）

伊東静雄がまだ尋常二年の秋、母につれられて京都山科のおばさんの家に行く。ふと一人外へ出てぶらぶらしていると広い原中の馬場に出くわす。三匹の馬が暮れかかった馬場を、一列になってしずしずとあゆみ、その円形の土地の中央に長いむちをもった人が立って、ときどき怒ったように号令をかけているのだが、馬はあいかわらずしずしずとあゆみ、むちをさげた人もひっそりと立ちつくしている。

なぜ伊東静雄が「山科の馬場」という童話風の回想として、幼年期のはかない体験を書かねばならなかったのか。「自分が今此処で身動き一つしても、きっと、この馬も、号令をかける人もさくも何もかも皆いなくなってしまって、私一人ぽつんと広い原中に取り残される」とはどういうことなのか。おそらく桶谷秀昭にすらこのことはわかっていまい。これは存在の問題である。たんなる資質や個性の問題ではない。抒情的凝視の裏側に潜む存在の問題であるのだ。日本で思想を語ろうとする者、伊東静雄幼年期の体験の意味が理解できぬ限りその資格はない。

日本浪曼派は、ナルプ解体後の頽廃の中に咲いた異様なアダ花ではなかった。咲くべくして咲いた、ある意味では鮮やかな花であった。美しく悲しい花であった。僕たちは、その美しさと悲しさを受けとめねばならぬ。僕たちの全存在を賭けて受けとめねばならぬ。

「アジアは一つである。ヒマラヤ山脈は、二つの強大な文明、すなわち、孔子の共同社会主義をもつ中国文明と、ヴェーダの個人主義をもつインド文明とを、両者をただ強調するだけのものとなって相分かっている。しかしこの雪をいただく障壁さえも、究極普遍的なるものを求める愛の広いひろがりを、一瞬たりとも断ち切ることはできないのである。そして、この愛こそは、すべてのアジア民族に共通の思想的遺伝であり、かれらをして世界のすべての大宗教を生み出すことを得させ、また特殊に留意し、人生の目的ではなくして手段をさがし出すことを好む地中海やバルト海沿岸の諸民族からかれらを区別するところのものである。」

（岡倉天心「東洋の理想」）

岡倉天心はこのあと、アジア文化の歴史的富を、その秘蔵の標本によって、一貫して研究できるのはひとり日本に於いてのみであり、日本民族の不思議な天性は、この民族をして、古いものを失うことなしに新しいものを歓迎する生ける不二元論の精神をもって、過去の諸理想のすべての面に意を留めさせる、と述べている。

生ける不二元論の精神はともかくとして、この日本に、本質的な意味で、天心を包摂でき得る人間があまり存在しなかったことはかなり重大な事実である。天心を理解できぬということは、彼の書いた文章を解釈できぬということではない。彼の体を流れる血潮の色と匂いに対する洞察がまったくないということなのだ。

天心に対するイメージが貧困だとどうなるのか。彼の自信に満ちた反啓蒙主義に「男一匹岡倉天心」を感じていた、いわゆる想世界の住人たちの魂が皆目わからなくなる。植木枝盛はなぜ失意のうちに病死していったのか、藤村操はなぜ日光華厳の滝へ身を投げたのか、北村透谷言うところの精神の大革命とはいったい何なのか。結局、想世界の住人たちが見詰めていた地点は、基本的には岡倉天心のそれと同じなのである。

「見よ！

個人あって経験あるにあらず、経験あって個人あるのである。個人的区別よりも経験が根本的であるといふ考えから独我論を脱することが出来た。

とありありと鮮やかに書いてあるではないか。独我論を脱することが出来た⁉　此の数文字が私の網膜に焦げ付くほどに強く映った。
私は心臓の鼓動が止まるかと思った。私は喜びでもない悲しみでもない一種の静的な緊張に胸が一ぱいになって、それから先がどうしても読めなかった。私は書物を閉じて机の前に凝と座ってゐた。涙がひとりでに頬を伝った」

（倉田百三「愛と認識との出発」）

西田哲学は、どこか悲しみを秘めた、いわゆる個体存在の論理である。そして、ある意味では日本の美意識への回帰ともいえる匂いを含んでいる。僕たちは、この西田の戦いの困難さを、その悲しみの中から見つけ出さねばならぬ。西田をここまで追いやったものに対して、宣戦を布告せねばならぬ。ここまで追い込まれたのは西田一人ではなかった。倉田百三を見よ。心臓の鼓動が止まるかと思い、涙がひとりでに頬を伝ってきた倉田百三を見よ。悲しい人の、悲しい心の忍泣。独我論を脱することが出来た——この言葉が、彼にとって天変地異であったとしても、やはり彼は悲しい人。悲しみの再生産というべきか。サンディカリズムも結局は同じ。もはや問題はただ一つ。どこまで深く落ちこむことができるかだ。
伊東静雄幼年期の体験の意味は、フロイトや、近代合理主義者には決して理解することができぬ。

序（三）

都心から国電で四十分。S県の県庁所在地U市が、僕と、僕の親友Mの輝かしく無惨な青春の舞台であった。僕と彼は一端（いっぱし）の非行少年。受験教育を弾劾すると言って、十七歳の少年たちは、酒を煽り、ハイミナールを常用し、女を抱いた。

夜が来るとね、俺の眠っていた感覚が目を覚ますんだ。そして泣くんだよ。自分だけがとりのこされる、そういう焦りが俺の気持をみじめにしていく。悲しくてもさ、どうにもならない。それを忘れるために、求める刺激が、もっと強烈な刺激を求めてはいずりまわる。そういう悪循環をつづけて、どうにもぬけだせなくなってしまうんだ。それを知っていながら、やめられないんだよ。

こんな世界の中でひとり落ち着いていたのはMだけ。僕は、諦めにも似た涼しい瞳の彼に、ある種の尊敬の念を抱いていた。
また、「俺の革命は非行だよ。」と常々僕に言っていた彼は、ある政治組織の同盟員でもあるらしかった。しかし、彼の心の中で、政治と非行が、あるいは革命と非行がどうつながっていたのか、当時の僕にはあまりよく理解できなかった。
彼が僕の前から姿を消して四年目、今は手にとるように彼の気持ちがわかる。十七歳の夏に彼の書いた三つの手記は、極めて激越であるにもかかわらず、彼の悲しみを僕に伝えて余りある。


診療所と入院患者の病棟との間には中庭があった。

そこには綺麗な花壇があって、近くには実験用モルモットの小屋もあった。

一週間ごとに彼等の数が減っていくのがたまらなく辛かった。

そして病院の一番奥にある死体安置所のことを思って、ひそかに身震いした。


また私には、わけもなく泣き出すという妙な性質があった。

いつだったか、レントゲン撮影の最中に急に泣き出して、あの花壇に逃げ込んだことがある。

一人の若い看護婦が追いかけてきて、薬の空箱やこわれた注射器を私に与えた。

私は泣きながら看護婦の胸に飛込んだ。

看護婦も泣いていた。

私の体は、そんなに弱かったのである。


（のすたるじや）

彼は病弱であった。幼い頃、母と看護婦は彼の唯一の味方だったのである。病室の白い天井に母の姿を想い浮かべながら彼は幸福だった。難破船におけるマリーオの態度と、ジュリエッタの胸を染めた真っ赤な血潮は、彼を感動の極に至らしめる。神の存在を、彼は少しも疑わなかったらしい。

とにかく、ここには彼の感受性の原初の姿がはっきりとみられるのだ。そして、それだけでなく、その感受性の重さにどのように堪え、また堪えきれずにどのように身をかわしたか、というその生き方をも暗示するものがうかがわれる。「また私には、わけもなく泣き出すという妙な性質があった。」というのは、おそらく自分の存在に対する恐れであろう。彼はこの時、人間存在の深淵をみてしまった。ある意味では伊東静雄と同じである。死体安置所を想ってひそかに身震いした彼は、暗い日本のこころを、徐々に自分の魂そのものとしつつあったのだ。暗い日本のこころ——想世界の住人たちが見詰めていた地点は、岡倉天心のそれとは明らかに違う。その苦しみと、その悲しみと、その孤独において。「基本的には天心のそれと同じなのである」と前述したのは僕自身の一種の願望である。起死回生の満塁ホームランが打てるなら、いやたとえ打てなくとも、僕は永久総力戦争の思想をそんなに悪いものだとは思っていないのだ。暗い日本のこころを知った彼はその暗さに戦いを挑む。暗さとの戦いは彼の宿命だ。戦艦大和の巨砲は、海底深く沈みながらも、今なお敵のグラマンにその照準を合わせている。その事、一瞬たりとも忘れてはならぬ。

K子さん、私は日本人になりたい、故郷（ふるさと）が欲しい、そして、あなたが欲しい。革命の本質はただ一つ、愛でなければなりません。…しかし日本の青春は、もうとうに終わっているのです。二千年の青春は、少なくとも私にとっては長すぎました。私にはそんなエネルギーがもうありません。今、日本人はみな疲れきっています。青春の後にはそうぞうしい過去があるだけ、なんにもない、たしかになにもないのです。

（サクレクールの涙）

十七歳の少年は、彼の懐かしく輝かしき革命のイメージと、現実の革命組織のあまりの薄汚さとのギャップに悩む。そして、日本の左翼には、なにか致命的な欠点があるのではないかと考える。しかしそれが何であるのか、まだ彼にはわからない。彼はますます酒と薬に親しんでいく。街にはネオンがまたたき、華やかな夜の誘惑に負けた哀しい少年たちの人生がうずく。紫煙の中に、焦りと、寂しさと、悲しみをおし隠しながら――。彼は非行少女を愛した。彼にとってその少女たちの突詰めた瞳だけが、この世で美しいと呼べるただ一つのものだったのである。彼は、自分自身を、おそらくその少女たちに賭けるであろうと思っていた。賭けることのない人生は無意味だ。もしも薄汚い革命組織に自分を賭けられないとしたら、果たして何に賭けたらよいのか。紫煙の誘惑に負けた少女たちは、きっと更級日記の少女。彼と少女たちもいつかは旅立たねばなるまい。

彼が、日本人になりたい、故郷（ふるさと）が欲しいと叫ぶとき、それがどんな意味をもっているのか、僕にもはっきり理解することはできぬ。けれども彼は、たとえば、保田與重郎が更級日記の少女に人知れぬ思慕を寄せている、という事実をまったく知らなかったのだ。これはかなり重要なことである。革命組織の薄汚さに失望した彼は、なにもない、なにもないと呟きながら夜の街をさまよい歩いていた。そしてそこで更級日記の少女に一目で惚れてしまう。あとはこの純愛をどこまで貫き通せるかだ。

K子さん、私は麻薬を飲んだことがあるのです。

モルヒネ、パントポン、アトロピン

「だめな子ね、あなたは。ちょっといらっしゃい。」

ふっくらしたその胸に顔をうずめて思いきり泣いてみたい、二つの腕で力いっぱい抱きしめてみたい、美しく生きたいのです。でも死にたくない、薬を飲めば自分自身があざむける、飲まなければ死ぬだけ――私は貴族ではありません、人間です、ただの人間。

あなたは真面目になってはいけません。気にさわったらごめんなさい。私はあなたが好きです。好きなあなたに真実をお伝えするのです。強さの裏には弱さがある。生の裏には死がある。権力の裏には意志が潜んでいる、K子さん、でも不良の裏には何もないのです、不良は不良、やさしさはやさしさ、不良は犠牲者ではない、不良は現代の、そして未来の建設者。私もあなたも人間、ただの人間、尊い人間、貴族、悪女、そして不良。私は真面目ではありません。私は現代人です。私は明治を知らない、大正を知らない、戦争を知らない、日本を知らない、知っているのは混乱だけ。

私は今これを、東京のあるバーの二階で書いています。東京は夜の街、ネオンがとても美しい。ヨーロッパの街は夕暮れが素晴らしいそうですが、やはり東京の夜ほど美しい街はないと思います。……K子さん、西洋はいま黄昏、日本はいま真夜中、日本から西洋の夕焼けは見えません。私は東京のネオンを楽しんでいるのです。明日の太陽を待っているのです。西洋の夕焼けなんかどうだっていい、西洋がどうなろうと私の知ったことではない、K子さん、あなただけ、愛だけ、そして革命。

（サクレクールの涙）

日本浪曼派の問題は、おそらく彼の書いた三つの手記の中にある。北村透谷や西田幾多郎の「悪戦苦闘」は、一九四六年に生まれた彼の意識の深層部に、黒い傷痕となってしみついているのだ。

彼は戦争を知らないという、日本を知らないという、そして知っているのは混乱だけだという。混乱の中で、彼はマルクスとの恋を拒否した。オストローフスキィの鋼鉄の意志を軽蔑した。また、西洋の危機感には、本質的には従うべきでない、と断言した。サルトルが「ところてん」を食べたとしても、畢竟（ひっきょう）下痢するしかないと。

K子さん、あなただけ、愛だけ、そして革命。と彼が叫ぶとき、その革命とは、いったいどういうことなのか。彼は書いている。「革命とは破壊することである。後先の見境なく打壊することである。手加減してはいけない。容赦なく相手を叩きのめすのだ。」これはもう革命ではない。伊東静雄「堪えがたければわれ空に投げうつ水中花。」の精神である。彼は無意識のうちに、日本における美意識の「血統」への探求に出かけてしまったのだ。

西洋の夕焼けより、東京の夜が美しいと言った彼は、戦後日本の混乱というサイクルに、麻薬による自分の肉体の衰滅というサイクルを微妙に交錯させる。交錯させた瞬間、小さな十字架が彼の頭上に静かにおりてくる。彼は思わず微笑んでしまうだろう。遠くから聞こえてくるのは網走番外地のメロディーか。

彼には誇りがあった。貴族であると同時に、不良であることの誇りがあった。貴族と不良は同じものである。「平俗低徊の文学が流行している。日常微温の饒舌は不易の信条を昏迷せんとした。僕ら茲に日本浪曼派を創めるもの、一つに流行への挑戦である。」と言えば不良であり、「最も美しいものの擁護のため、最も崇高なものの顕彰のため、……伝統芸術人復興の使命」と謳えば貴族なのである。けれども、彼の誇りは実に悲しい誇りであった。更級日記の少女の手をとって、保田與重郎描くところの「日本の橋」を、どこまでもどこまでも歩いていく、そんな孤独な誇りであった。

……酒、麻薬、そして女、私は不良でしょうか、本当の不良になりたい、本当の人間に、本当の貴族になりたい、K子さん、助けて、私を助けて、日本人、私は日本人です、輝き狂う東京のネオンを私は愛します、愛、私の求めているのは愛だけ、ロシア革命は愛ではない、あれは歴史、ただの歴史、あなたの微笑みは私の故郷、私はあなたに恋をしているのです。スターリンはロシアの裏切者、私は日本の裏切者、私は悲しい、死ぬほど悲しい、K子さん、お願いします、もう一度言ってください。

「だめな子ね、あなたは。ちょっといらっしゃい。」

バーに酒はありません。あるのは涙だけ、輝くネオンに私は涙を飲みます。女は抱かない、両手が腐ったって抱かない、一人でたった一人で涙を流すだけ、美しく生きたいのです、人間らしく生きたいのです、私は日本人、私は貴族、そして不良、麻薬が欲しい、一生狂っていたい、一生このバーの二階にいたい、K子さん、私は苦しいのです、死ぬのはいやだ、でもどうせ死ぬならあなたに殺されたい、私の欲しいのは愛、そして革命。

……春が来れば必ず桜が咲く、でもただそれだけ、桜が咲いても革命はおこらない。

（サクレクールの涙）

彼の戦いは困難な局面に達していた。ロシア革命を、あれは愛ではない、ただの歴史だ、ときめつけた彼は、たった一人で涙を流すしかなかったのである。

第一の手記「サクレクールの涙」で彼の到達した地点は、「桜が咲いても革命はおこらない。」ということだ。起死回生の満塁ホームランはついに飛出さなかった。彼は惨敗したのである。

このあと彼は、第二の手記「のすたるじや」で、「失われしものに対する淡い郷愁は私の革命歌。」というテーゼを表出し、彼自身の奈落にますます落ちこんでいく。

前衛音楽の不協和音から、そしてその不協和音に踊る怪しげな女体から私は堪え忍ぶことの辛さをしみじみと感ずる。他人の不協和音に踊る十二単の女房は、もう永遠に琴を捨ててしまったのかもしれない。


しかし、モンマルトルの利休鼠は、円山公園の夜桜を濡らしはしないのだ。

パリジェンヌの涙は、ただサクレクールの丘のみが知る。


私は宣言する。大日本帝国万歳。


病院の綺麗な花壇。

看護婦さんのふくよかな胸。

ジゥリエッタの胸を染めた真っ赤な血潮。

そして、真夏の湘南海岸、太陽の下での激しい愛撫。

失われしものに対する淡い郷愁（ノスタルジヤ）は私の革命歌。

（のすたるじや）

けれども、彼はまだまだ落ちきっていない。彼自身の奈落は底知れず深く、この上なく暗いのだ。意識の暗黒部との格闘は、休みなく続けられねばならぬ。

彼は第三の手記「セント・ヘレナ」を書く。

東大の、都立大の、明治の、法政の、あらゆる大学の、あらゆる学生が国会を取巻いていた。衆院の南通用門前に集結を終えた早稲田内の主流派約千人の先頭に立って、その時僕は何を考えていたのか。僕は多分賭けをしていたのだ。僕にとって、衆院南通用門は、明らかにワーテルローの丘である。

――ナポレオンが、最後の近衛兵五万を総動員して、一斉に突撃を敢行させたのは、午前三時になってからだ。第二プロイセン軍は、もの凄い砲火を浴びせ、フランスの近衛兵は次々に戦死する。四時になると、敵には第三軍も加わり、いまや、十二万の同盟軍が、半数のフランス軍を完全に包囲する陣形となった。前進を阻まれたフランス軍はしだいに後退し、ついに壊滅し、ばらばらに敗走しはじめる。――

虚しいシュプレヒコールがまだ耳にこびりついて離れない。午前四時四十分、おそらく僕は負けたのだろう。少なくとも勝ちはしなかった。けれども、これは前からわかっていたことではなかったのか。ここまで僕を引っ張ってきたのは、他ならぬ僕自身ではなかったのか。

僕はいま幸福である。何とはなしに気分がいい。どんな困難があっても、いまの僕には心のどこかに余裕がある。無邪気な少女の足に、子猫がじゃれているのを見ているような、そんな気持だ。

（セント・ヘレナ）

結局、彼は負けたのである。「でも、僕には一つだけ勇気が残っている。自分の人生を何かに賭けてみる勇気が残っている。」言った瞬間、彼は思考停止に陥った。

無邪気な少女の足に子猫がじゃれている、というのは一種のニヒリズムであろう。一九四六年に生まれた少年が、苦闘に苦闘を重ねてたどりついたところはニヒリズムの世界なのだ。彼は完全に負けたのである。

日本の近代が彼を呑込んでしまった。日本の「美しくて、暗い心」が、彼を特異なニヒリストにしてしまった。

彼は、彼自身の奈落の深淵で溺れて死んだ。そしてそれは、一つの必然と呼べる死であった。

序（四）

情況とは、奈落まで降りていかねばならぬように存在している。そして、日本の近代は、基本的には僕たちによって止揚されねばならない。僕は全力で、日本近代の亀裂に迫っていくだろう。輸入マルクス主義などに足もとをすくわれたりしないつもりだ。梅本克己の戦いと挫折は、僕の脳裏にはっきりと刻みこまれている。

（1968年10月「遠くまで行くんだ…」創刊号）

更級日記の少女　日本浪曼派についての試論（二）

序（五）

人里離れた塀のなか
この世に地獄があろうとは
夢にも知らないシャバの人
知らなきゃおいらが教えよか
身から出ました錆ゆえに
いやなポリ公にパクられて
手錠はめられこづかれて
着いたところは裁判所
検事判事のお調べに

ついた罪名暴行罪
廊下にきこえる足音は
地獄極楽わかれ道
青いバスに乗せられて
ゆられゆられて行く先は
その名も高き練馬区の
東京少年鑑別所

この歌に一つのポイントがある。

月はおぼろに東山
霞む夜毎のかがり火に
夢もいざよう紅ざくら
しのぶ思いを振り袖に
祇園恋しやだらりの帯よ
夏は河原の夕涼み
白い襟あしぼんぼりに
かくす涙の口紅も

燃えて身を焼く大文字
祇園恋しやだらりの帯よ

そしてこの歌に、もう一つのポイントがある。
即ち「ネリカンブルース」と「祇園小唄」のあいだにある凄まじい緊張関係が日本浪曼派のすべてなのだ。
特に
「ゆられゆられて行く先は
その名も高き練馬区の
東京少年鑑別所」
と、
「燃えて身を焼く大文字
祇園恋しやだらりの帯よ」
のあいだの目も眩むばかりの緊張関係を見よ。
僕たちは爆発することを欲している存在だ。
なにがなんでも爆発せねばならない存在だ。
鑑別所の中から静かな爆発をさがし出せ。
大文字の中から静かな爆発をさがし出せ。

もっと正確に言うなら、僕と僕たちよ、鑑別所から祇園に到る長い旅路の中で、僕たちだけの静かな爆発をさがし出せ。

僕たちは、僕たちだけの方法ですべてを突破せねばならぬ。

アルバート・アイラーのマゾヒズムすら突破せねばならぬ。

そして、より以上のものへ変身せねばならぬ。

〈僕の親友M　五年前の創作ノートより〉

「国会南通用門」若しくは
「ワーテルローの丘」についてのノート

「されどわれらが日々――」の限界性。

この人間が身を滅ぼすのは疑いないことだ。……もともと地上のものは自然の摂理にしたがって起こる。ダイモンが彼を躓かせずにはいまい。かくてナポレオンすら破局におちいってしまう。

「俊雄の手記」の導入部

「お願いです。八月中に出してください。早くつるや連合のやつらに見せてやりたいんです。」

このあいだ情宣部員になったばかりのFの頬が異常に痙攣したのを僕は思い出した。そして市谷の書記局から麻布の下宿まで単車を飛ばしながら、自分の頬も激しく痙攣しているのに気がついたのだ。

蜜蜂は、相手を一度刺すと自分も死ぬという。渾身の力をこめて相手を刺す——和子よ、僕はもう刺してしまったのだ。それがどんなに不確かなものであっても、僕はもう僕自身の賭を終えてしまったのだ。

「闘う全学連」第三集
中央執行委員会の提案

「学友諸君！　同志諸君！　われわれが今次大会において注目すべき事態はこればかりではない。むしろ、これらのブルジョアジー及びブルジョア的労働運動、民族主義的日和見主義が一体となって、労働者、人民の闘いを葬りさろうとするとき、これに対決して形成された反スターリン主義運動＝革命的労働運動の一大混乱、一大混迷という事態のさなかでこの大会がもたれようとしているのである。」

ここまで来て、あとは悲しくなってもう読めなくなった。この原稿をもって、池袋の印刷所へ行けば「闘う全学連」第三集は出来あがる。Ｆの頬も痙攣しなくなる。少くとも、つるや連合の理論的切崩しには十分耐え得るはずだ。それなのにこの悲しさは何だろう。

アトロモール＋水→悲しみ

原稿のことはＦたちにまかせよう、僕は咄嗟にそう思った。そしてありったけのカフェインを呑込み、鳥居坂通りを六本木に向かって歩きはじめた。

醒めなければならぬ。

醒めていなければならぬ。

これからどうなるのか、それは僕にもわからない。けれども僕はナポレオンだ。

セント・ヘレナのナポレオンだ。

ギロチン台にのぼれと言われたら喜んでのぼるナポレオンだ。

毒入りパンを笑いながら食べるナポレオンだ。

醒めなければならぬ。

醒めていなければならぬ。

僕は、僕の首と胴を切断するギロチン台を凝視してやるし、最後に、和子と、和子の内にいる新しい僕のために祝福のキスを送ってやるつもりだから。

僕は小説という形式をかなり信じているものの一人だ。

ものを書くということが自分自身を破滅させ、そして自分自身の破滅がその完成に全く一致するという一パーセントの可能性を信じているものの一人だ。

僕がここに学生運動を引張りこんだのは、それが僕にとって一番身近で一番てっとり早い存在であるという以外たいした意味はない。

しかし、「されどわれらが日々――」の限界性は、僕にとって突破せねばならぬものとしてある。

河上徹太郎は、この中に甘く悲しいニヒルの流れを読んだというが、僕は甘く悲しいニヒルの流れとかいうものを両手でしっかりつかまえたいのだ。

柴田翔のニヒルはもう彼自身を超えている。そして彼は湖の面を映しだしたにすぎない。

僕たちは湖に飛び込まなければならないのではないか。

よしんば溺れるにしても、湖底にうごめくなにものかをさがし求めなければならないのではないか。

「俺は遠くまで行くんだ」と叫んで湖に身を投げることはおそらく良いことなのだろう。

だから俊雄は鮮やかに身を投げなければならない。

極限までその戦いをおしすすめなければならない。

「俊雄の手記」の続き

麻布高校にパスして、東京の今の下宿に落ち着いた年の夏、六全協の決定で少なからぬ学生党員が自らその若い命を絶った。そしてそのかわりに日共潜行幹部の多くが姿を現したのだ。僕が政治に体でぶつかりはじめたのは丁度その頃だったろうか。六全協の翌年、僕が麻布の自治会長をしていた時、鳩山首相は調達庁の第二次土地収用を認定し砂川の闘いはまったく新しい段階にはいった。ジグザグデモに加わりながら、時々ふっと悲しくなるのを覚えたのも砂川である。高校生代表として赤坂の調達庁まで抗議文を出しに行った君と僕が、毎日六本木で体を寄せ合うようになったのも、今考えてみると、お互いに相手の傷口の大きさに自分自身を見出したからなのだ。

和子を抱くことは僕自身を抱くこと。君はあまりにも僕に似過ぎている。

僕は全学連のナポレオンになりたかった。あらゆる権力をすべて自分のものにしたかった。自分のものにしたいというよりは、自分のものにしなければいけないんだと思った。ナポレオンにならなければいけないんだと思った。ヒロイズムとは全然別な感情である。人間の感情と呼ぶにはあまりにも恐ろしい、宿命的な、義務感のような、そんなものである。

［注］ジグザグデモに加わりながら時々ふっと悲しくなる→存在論の問題としてとらえること。しかしサルトルでは決してかたづかない。

柴田翔のいいかげんさはどこからきているのか。

湖に飛び込むことの悲しさ。

悲しいから湖に飛び込む。

悲しみを強力なバネとした極限までの戦い。

けれども悲しみとは何だろうか。僕たちの世代がもっている、戦いのバネとしての悲しみとはいったい何だろうか。

和子を抱くということ→お互いに相手の傷口の大きさに自分自身を見出す。下手をすると流行歌以下的になる。けれどもやはり俊雄は和子を抱かねばならないし、僕は和子を書かねばならない。

「されどわれらが日々――」の節子は、東北のある小さな町のミッション・スクールで英語の教師をするという。自分のわずかな知識を伝達するその仕事の中で、一度は崩れてしまった自分自身を支え直すのだという。だが僕はこの結末がきにくわないのだ。

「されどわれらが日々――」は、なによりも小説としての闘いを放棄している。傷ついていない小説など僕には無縁だ。ギロチン台を凝視する俊雄と、その俊雄を凝視する和子との緊張関係に僕は身をおきたい。

和子を書くこと。

これが最も重要なのだ。

六月三日。東大主流派の指導者、ブントのTが逮捕された。九日には全学連副委員長であるSが、そして共闘部長のUが、相次いで留置場に送り込まれる。十五日の、非主流派をも含めたすべての行動の全指揮権は、ここに疑いなく僕のものとなったのだ。

主流派は、この日をアイク訪日に対する政治休戦の空気をふきとばす最後の機会と考えている。僕たちは組織をあげて、強力な行動を行う必要のあることを学生たちに訴えた。

アカシアの雨に泣いてる

切ない胸はわかるまい—だ。

衆院の南通用門は明らかにワーテルローの丘である。黄昏の六本木で、和子がはじめて僕のものになったその時から、ワーテルローは二人の十字架である。二人の宿命である。ただ僕たちにはエルバ島が存在しない。モスコー遠征からそのままワーテルローまで来てしまったのだ。

六月十五日。

第十八次統一行動の中心として、この日民間労組二十四時間ストを中心とする第二回のゼネストが行われた。

炭労、全国金属、全鉱、全日自労が二十四時間スト。

合化、紙パ、化学同盟、全港湾が十二時間—二十四時間スト。

私鉄総連が午前六時三十分までの時限スト。


六月十五日。

僕が僕の涙で溺れて死ぬ時。


ナポレオンは天才ではない。人から天才と呼ばれて俯き加減に微笑する、人一倍寂しがりやの、ただの、そう、ただの軍人なのだ。

コルシカ生まれの、ただのフランス軍人なのだ。

〈竜騎兵が壊滅した後、最後の近衛兵五万を一斉突撃させたナポレオンの恍惚感とは何か。〉

イギリス軍の砲火にさらされた野戦場を、皇帝は馬にまたがり数名の近衛兵にまもられながら速駆けで戦場を離脱した。

フォンテヌブロー

エルバ島
服毒未遂
イギリスの寛大さに対する訴え
セント・ヘレナに於ける幽閉
かの遥かなる岩礁上の死

受難者

「和子の手記」の導入部

俊雄さんが京都で自殺したということを聞いても私は驚きませんでした。書記局の二年生が、それを知らせる電報をもって飛び込んできた時、私は思わず微笑んでしまったのです。

俊雄さん、あなたは私の何だったのでしょう。

恋人？　違います。

ねえ、わかっているでしょう、あなたは私自身なんですもの。あなたの死はわたしの死です。

いいえ、私はもうとうに死んでしまった。あなたにすべてを許したあの六本木の日以来、私はもぬけのカラになってしまった。体以上のものをあなたに与えてしまった。でもそれでいいんです。あなたの京都での死が宿命であるように、それが私の宿命なんです。そして、それが二人の、おそらくは悲しい宿命だったんです。

俊雄さん、私たちはあまりにも優しすぎました。

人間的すぎました。

いい子すぎました。

素直すぎました。

でも、この優しさを求めたのは私たちです。

優しさを求めたというより、私たちにはこうするより他しかたがなかった。貴族と不良は同じものだとしたら……いや私たちにとって貴族と不良が同じものだった。自分を大切にすることが、自分を破滅させることと同じだった。

俊雄さん、もし私たちが人に自慢できる何かをもっていたとしたら、それは誇りです。貴族であると同時に、不良であることの誇りです。


俊雄さん、あなたは私よりさきに壊れてしまった。あの、獰猛をもって聞こえた警視庁第四機動隊が、一人の女子学生の命を奪ったその瞬間、あなたの頭上には十字架が静かにおりてきたのです。あなたがどんな気持で第十七回定期大会を迎えたか、そしてどのような悲しみの中で、「闘う全学連」第三集を編集したのか、私にはよくわかります。

あなたは、あなたの一生を国会の南通用門に賭けた。ちょうどコルシカ生まれのフランス軍人が、自分自身をワーテルローの丘に賭けたのと全く同じように。

※このノート未完

一九六八年十一月
京都
菊花賞
三千メートル
タニノハローモアに末脚はない。
彼にとって三時四十分は運命の時だ。
彼は一人空気を切裂かねばならぬ。
彼に目標馬はない。
ファインローズがいかに美しい女性であっても彼は彼女を突き放さねばならぬ。
彼は振返ってはならないのだ。
三千メートル。
彼には長すぎる。
けれども彼は走らねばならぬ。
走り続けなければならぬ。
彼はマーチスではない。

とてもマーチスの真似などできない。
彼は愚かな馬だ。
不器用な馬だ。
飛出すことしか知らない馬だ。
タニノハローモア。
脚が折れても走る馬。
心臓が止まっても走る馬。
三時四十分。
彼が空気を切裂き始める時。
その瞳がじっと虚空を凝視する時。

Mは太陽の季節が終わったところから出発したのだ。フランス国民がボナパルトの追憶を革命の想い出に結びつけたように、Mは、彼自身の可能性を和子に託し、和子の胎内から新しい俊雄を見つけださねばならぬ。けれどもMはまだ十七歳であった。十七歳の少年にとって、これはあまりにも困難な仕事でありすぎる。彼がもっとも力を注いだとおもわれる「和子の手記」は惨めな失敗に終わった。

Mは、たとえば次のような和子の言葉を夢に見る。

これからしばらくは眠りの季節が続くことでしょう。でもそんなことはどうだっていい。いまの私にはまるで関係ない。私はうれしいんです。悲しみの中からうれしさがこみあげてくるんです。なぜうれしいのだか自分でもよくわかりません。俊雄さんにすべてを賭けた私が、俊雄さん、あなたの死によって自分自身を抜けだすことができた。あなたといっしょに死んで行くはずだった私の体に、まったく新しい血が流れはじめた。

Mは、和子の体に新しい血を流す、ということにそれこそ命を賭けていたのだ。僕がここに親友Mの五年前の創作ノートをもってきたのは、僕の単なる暴露性からではない。十七歳の少年Mの問題意識が、戦後二十三年の現地点においてかなりの普遍性をもつと信じるからだ。僕自身五年前のMからたいして隔たっていないし、すべての昭和二十年代生まれがまだフラフープの中にいる。

僕には、この日本に必ず革命をおこさねばならぬ、などという気持は毛頭ないのだ。ないというよりは、革命というあまりに鮮やかな言葉が僕に眩暈をおこさせ、鮮やかでない僕と僕の世代が赤面してしまうのだ。フラフープといっしょに廻っていたら、知らないうちに二十二歳と六ヵ月になっていた僕。革命はおろか、フラフープから抜け出す手段すら定かでない。

夜霧が流れる一ツ木あたりを彷徨い歩き、泪をこらえてひとりダイスをふったのは西田佐知子である。

そして、猟銃とダイナマイトを抱えながら赤坂の街をうろついていたのは、どうやら石原慎太郎であるらしい。


西田佐知子の悲しみは赤坂の悲しみである。

なぜ赤坂の街が悲しいのか。

それは、そこに怨霊が彷徨っているからだ。

二・二六の青年将校の怨念が彷徨っているからだ。

西田税の怨霊が彷徨っているからだ。


だから赤坂の夜は美しい。


「アカシアの雨にうたれて、このまま死んでしまいたい」これが彼女の原点である。けれども、このまま死んでしまいたい、と彼女が呟いた時、おそらくは彼女自身すら気付かぬ願いがその中にこめられているのだ。

彼女は突き抜けたいのである。

死そのものを突き抜けて、悲しみの彼方に何があるのかを見極めたいのである。

「朝の光のその中で　冷たくなったわたしを見つけて　あの人は　涙を流してくれるでしょうか」

確かに彼女は絶望している。しかし僕はここで更級日記をおもいうかべるのだ。

「とりべ山　谷に煙のもえたたば　はかなく見えし　我と知らなむ」

と詠んだ藤原行成の娘もやはり絶望していたのであろう。だが彼女には眩いばかりの恍惚感もあったのだ。

私はもうすぐ鳥辺山に行かねばならぬ。谷に煙が立上（たちのぼ）ったら、その煙を日頃から弱々しく見えていた私だと思って下さい。

自分の体が煙となって空に向かうのである。そしてその煙はおそらく美しい。彼女は死などを恐れていない。美は力だ。嘗て保田與重郎もこの煙の美しさに一身を賭けた。西田佐知子も同じである。彼女も賭けている。絶望の彼方にあるものに賭けている。絶望に徹しきることによって絶望そのものを打ち砕く、ということに賭けている。冷たくならざるを得ないわたし、というよりも、自らすすんで冷たくなる、といったほうがむしろ正しいのだ。

彼女の苦悩は、それから三年続いた。

三年目に彼女は旅に出る。

プリンスホテルから赤坂の夜ばかり見ていてもはじまらない。

私は私の根をさがそう。

「青い海を見つめて　伊豆の山かげに　エリカの花は咲くという　別れたひとのふるさとをたずねてひとり旅をゆく　エリカ　エリカの花の咲く村に　行けばもいちど逢えるかと……」

けれどもそれは徒労に終わったのだ。自分自身の根など、さがしにいって見つかるものではない。

「山をいくつ越えても　うすい紅いろの　エリカの花はまだ見えぬ　悲しい恋に泣きながら夕日を今日も見送った　エリカ　エリカの花はどこに咲く　径ははるばるつづくのに……」

こうして彼女は、空の雲や海のかもめにエリカの花の咲くところを尋ねながら、むなしく夕日を見送るしかなかったのである。

エリカの花など、どこにも咲いてはいないのだ。

それはさがしにいくものではない。

彼女が、自分の心に咲かせるものなのである。

彼女は再び赤坂にかえってきた。

そして赤坂は以前にもまして悲しい街となる。

永久総力戦争の思想とは恥じらいの思想である。恥と衒(てら)いの思想である。恥と衒いが、北はアリューシャンから南はニューギニアまでを占領した。

大和魂あるものの
死すべき時は今なるぞ
人に後れて恥かくな
敵の亡ぶるそれ迄は
進めや進め諸共に
玉散る剣抜きつれて
死する覚悟で進むべし

人に後れるのが恥ずかしいのではないのだ。自分の存在自体がこの上なく恥ずかしいのである。死する覚悟で進むのは朝敵を亡ぼすためではない。東条英機は清水の舞台からとびおりた。これは悲鳴である。決断ではない。朝敵などどうでもいいのだ。生きているのが恥ずかしくて恥ずかしくて仕方がないからもといた場所に戻りたい、ただこれだけの話である。だから日本浪曼派の思想は、空と海の思想だ。溺れ死にの思想だ。完璧に、非のうちどころなく溺れたものが最も美しい。

思えば悲し昨日まで
真先かけて突進し
敵を散々懲らしたる

勇士はここに眠れるか

太宰は、雪の上に大きな日の丸の旗をつくったのだ。そして泣いたのである。

僕たちは、その涙の中を、力の続く限り泳がなければならぬ。


劇団「駒場」を率いる二十三歳の青年、芥正彦。

彼は走る。

彼は走る。

ランボーの肉をくらい、ドストエフスキーの骨をしゃぶったこの青年は走り続ける。

恥と衒(てら)いを、刃のかけた鋸で強引に切裂こうとしていた彼は、それがどうしてもできないとみるやすぐさま走りはじめた。

今までの存在論屋はみんなサルトル迷路であがいているだけだ、と言い切る彼はサルトルなど読んだことがない。

これは良いことなのだ。

彼はサルトルを読んでも同じことを言うだろう。

サルトルなど読んでも読まなくても結局は同じ。

無駄なことはしないに限る。

石子順造にビートルズはわからない。

「彼らには、人間疎外などという時代遅れの流行歌はいらない。すでにビートルズがあるではないか。」

と言った石子の不自然さを見よ。

「時代遅れ」とか「ビートルズ」という言葉がいったん石子の口から外へ出ると、それは聞くものの歯を浮かせるのだ。言葉が死ぬのだ。そして、芥正彦は一人ほくそえむのである。

俺はまだ二十三歳なのだ。
自分の骨格筋と、内臓
筋と、心筋の三つに絶
対の自信をもつ二十三
歳なのだ。百メートル
を十二秒で走れるし、
得意のドロップを投げ
れば王や長嶋だって簡
単に打てはしない。B
90・W62・H94のミス・
デンマーク、ジャネッ
ト・クリスチャンセン
を抱いても最後まで息
切れしないし、ジョン・
コルトレーンの演奏会に
行っても「見たくないも
のを見ちゃったみたいだ」
などとは決して呟かぬ。俺は、

「一九四五年に生まれた俺たちの欲望はコルトレーンのそれよりもはるかに大きい」と叫ぶ二十三歳なのだ。

悲鳴の二重唱的情況を凝視せねばならないのだ。

芥正彦は、おそらく朝の太陽に堪えることができない。窓からさし込んだ朝日に部屋中の塵が浮き立つのを見て、彼はほとんど狂気となってしまう。

目の前に女でもいたらなおさらだ。前夜、女が彼とは無関係な旅に出ている時、彼は、猫の鳴き声、ねずみの走る音、タクシーのエンジンなどに身も凍らんばかりの恐ろしさを覚えたのである。

悲鳴の二重唱的情況を凝視せねばならないのだ。

越えて越えて越えまくろう。認識を
拡大し、感覚を解放し、あらゆ
るプロセスを辿り、さらに
それを超越する。マシ
ーンなどオモチャ
にしてしまお
う。マシ
ーンを越
えよう。
メカニッ
クなスペ
ースで間
を感じとろう
人間性は非人間的
空間からでもあらわれ
る。金属のクールな光沢、
点滅するパイロットランプ、
ムキ出しの回路、デッキ、ｅｔｃ、

これこそ
　ソウル・イデオロギーだ

いや、これも
　ただの悲鳴なのです

行為と思考とは両立しない。

行為すれば思考が死に、思考すれば行為が死ぬ。

思考停止の状態に自分を置くことによってはじめて行為の世界に生き得る、と言い切ってしまってもよい。

遠くまで行くんだ、と僕が叫ぶ時、それは取りも直さず僕が全存在的に勝負師になるということなのだ。


井上靖「落葉松」ヒロイン佐川れい子のイメージ。

三ノ宮は焼けたのである。

焔は高く低くめらめらと暗い空を嘗め、
時々細い火の粉を一面に噴き出してはゆらゆらと妖しい美しさで揺れた。

雪の新宿を見たことがある。

新宿にも雪がふるのだ。

涙が流れてとまらなかった。

新宿もいつかは焼け落ちるのであろう。

そして下野草の戦場ヶ原には、やはり佐川れい子が一人でぽつんと立っているのであろう。

平岡正明が、フーテンをマゾヒズムの側面から位置づけている。

僕は全面的に彼を支持したい。

フーテンはマゾヒズムの極北まで行かねばならないのだ。

もっと正確に言うなら、フーテンは植物的マゾヒズムの極北で踊り狂わねばならないのだ。

紅蓮地獄で自らの肌を裂かねばならないのだ。

フーテンも植物的なら日本浪曼派も植物的である。

植物性鋼鉄で身を固めた戦艦長門は、アメリカ軍の原爆に五日間も耐えぬいた。

僕たちは、スクラップとなった戦艦長門の、断末魔の悲鳴を聞かねばならぬ。

そして、その悲鳴を突き抜けるだけの鮮やかさをもった、新しい血液を創出（そうしゅつ）しなければならぬ。


吉本隆明は偉大である。

彼がロシア・マルクス主義を断罪する時、僕は眩暈すら感じてしまうのだ。

けれども僕は、彼を好きになることができない。

いま一歩のところで彼の胸に飛込むのを躊躇（ちゅうちょ）する。

彼はなぜアマテラスとスサノオのあいだの自然的な性行為を認めないのか。

なぜ姉弟相姦の事実を認めないのか。

なぜ姉弟相姦の彼方にあるものを凝視しようとしないのか。

僕は、倉橋由美子的な次元でものを言っているのではない。（※倉橋とカフカとはまったく違うのだ。「蠍たち」はカフカとはえんもゆかりもない。彼女は、たとえばロートレアモンの魂の重みなどほとんど理解できないだろう）

僕は、スサノオが自分の剣をアマテラスにわたすというひとつの行為よりも、その時のスサノオの深層心理のほうが重要だと思うのだ。

スサノオの心に潜む、血紅色への憧れのほうが重要だと思うのだ。

追われる身の高倉健を故郷でかばってくれたのは恋人ではない。

断じて恋人ではない。

彼の妹である。

やさ言葉をかけてやりたいかわいい娘は彼の妹である。

北の果てで真赤なはまなすは涙を流す。

オホーツクの荒波を見て涙を流す。

その涙に高倉健は妹を想うのだ。

無心に兄を慕う妹を想うのだ。

「姉妹と兄弟の〈対なる幻想〉の幻想的な〈性〉行為が、そのまま共同体的な〈約定〉の祭儀的な行為であることを象徴する。」

（吉本隆明「共同幻想論」）

吉本はこう言うが、僕はそんなことはどうだっていいのだ。

さらに言えば、僕は国家論なんてどうなろうと知ったことではないのだ。

おそらくアマテラスとスサノオのあいだに自然的な性行為はなかったであろう。九十九パーセント以上なかったであろう。

けれども、確かにスサノオはアマテラスに恋をしていたのだ。

姉の胸に顔をうずめたかったのだ。

姉の手で自分の髪を撫でてもらいたかったのだ。

彼がその時、それを意識していたかいないかなどたいした問題ではない。

誤解を恐れずに言ってしまえば、だいたい国家論などというものはないと僕は思うのだ。

エンゲルスの国家論が漫画なのは、彼が国家論を組立てようとしたからではないのか。

国家論を組立てることはできぬ。もしかしたら思想を構築するという表現すら間違いなのかもしれないのだから。

そうなのだ。

「思想を構築する」という表現にはたえず不潔感がついてまわる。

この不潔感を撃て。

この不潔感の根を砕け。

思想を構築することはできない、と僕は考える。

思想とは、築くものでなくて、突き抜けるものだ。

思想者とは、大工ではなくて全力疾走者だ。

スサノオとアマテラスから国家論を組立てることはできない。

無理に組立てようとすると二人の恋は壊れてしまう。

二人の恋は壊さないほうがよい。

いま僕たちに必要なのは、国家論を組立てることではないのだ。

必要なのは、二人の体を流れる血の徹底的追求である。

二人の、凄まじいばかりの心理葛藤の血液学的追求である。

国家論の構築などおよそ無意味なのだ。

僕たちは、スサノオとアマテラスを突き抜けて、僕たちの内部に新しい血を噴出させねばならない。

新しい血の創出（そうしゅつ）。

それをすることなしに、どうして革命など起こり得ようか。

スターリン主義の裏には、生きている人間の血が流れているのだ。

この事理解できぬ者、革命を口にする資格なし。

僕たちは、僕たちだけの戦いに出発しなければならない。

鮮やかな、若しくは醜い結末に向かって全力疾走を続けよ。

己れの死に場所は、己れで見つけなければならぬ。


俊雄の歩み。

黄昏の六本木から国会南通用門に至る俊雄の歩み。

Mは、自分自身を犠牲にすることによって、第二第三の和子を生み出そうとしているのだ。


日本浪曼派の研究。

これは実に厖大な領域を有する。


Mの五年前の創作ノート。

石原慎太郎。

劇団「駒場」。

平岡正明。

保田與重郎。

今村昌平。

石川啄木。

西田佐知子。

「ロートレアモンの世界」のガストン・バシュラール。
天沢退二郎。
アルバート・アイラー。
オーネット・コールマン。
ジョン・コルトレーン。

ようするに何でもよいのである。
関係ないのはマルクスとレーニンくらいなものだ。
何かやっていれば、即ち日本浪曼派の研究になる。
厖大といえば厖大。
楽しいといえば楽しい。

国道百と三十四号線。
葉山を抜けるとすぐに田越川。
つまり逗子が石原慎太郎の世界である。
日本浪曼派湘南型偏向の世界である。
サーフサイドビルの三階から慎太郎は何を見たのであろうか。
彼の反逆は高校時代からはじまった。

湘南高校時代の三年間（正確には四年間）は、その後の彼の軌跡をほぼ百パーセント決定したといえる。

ここで僕たちは湘南という高校に注目しなければならないだろう。

湘南高校とは兄弟校である埼玉県の浦和高校で三年間を過ごしたMは、当時の浦高新聞にこう書いている。


「湘南高校というところは、もともと自由主義的な、穏健な、プチブル的なムードをもっており、浦高のそれとは根本からして違う。僕は時々考える。浦高生のもつ気魂は、あるいは彼等のもつ無言の圧力は、一種の悲愴感と同じものではあるまいか。街角で美少女に羨望の眼差をよせている浦高生ほど寂しく、哀れなものはない。理想と現実の差が自分の気力で埋まらないとさとった時、浦高生は果して何を求めるのであろうか。

湘高生の心の中に吹く風が南国の快い微風だとしたら、浦高生の心には赤城おろしのからっ風が吹いている、といったら諸君等は怒るだろうが、まあ気にしないで聞いてくれ。

両校の性格は表面上非常に似ているが、学生の体を流れる血の色は全く違うのである。」


日本浪曼派から湘南地方を思い浮かべる人は少ないであろう。

鎌倉武士と今の湘南とは全く無縁だ。

浪曼派から人々はたいてい津軽を、北上を、前橋を、京都を、桜井を、そして壇の浦をイメージする。

湘南は決してイメージにのぼらない。

田中英光などというのがいるにはいたが、やはり湘南はサーフライドするところである。

逗子や葉山、そして茅ヶ崎は所謂湘南人の街だ。

体が細く偏平足でスネ毛の少ない男と、上はピンク、下は紺のあまりグラマーではない女の街だ。

劇団「駒場」の芥正彦はこう言う。

「慎太郎なんて、ようするに湘南ブロみたいなあまいところに入り浸っていたからあんなみっともない反逆しかできないんだ。」

確かに湘南には摂氏三十度の湘南ブロしかない。

たとえば、浦和高校の裏には東北の農村が巨大な姿で立っているのだ。

北陸に豪雪を降らせる白い神様が見え隠れしているのだ。

けれども、問題は、慎太郎がそれなりに湘南で行動したということにある。

まがりなりにも彼は日本浪曼派湘南型偏向の世界をつくりあげた。

「暗い日本の心」というキャッチフレーズとはおよそ無関係な彼が、

「俺は、あの薄暗い小さな裏玄関の中に俺たちの歴史が覗いて見えるような気がしたよ。」などと呟くようになった。

僕は、橋川文三のような冷静さを身につけてはいない。

そして、身につけようとも思っていない。

橋川が、「陳腐なロマンチシズムに身づくろいしたドン・キホーテが突っ立っている」と慎太郎を指さして言う時、それが真実であればあるほど僕は慎太郎が愛おしくなってくるのだ。

橋川は、もうとうの昔に吉行理恵のオパールを離してしまっている。

それは当然のことなのだ。

そうでなければ日本浪曼派批判など、とてもできない相談だから。

けれども、僕はまだまだそのオパールに執着したい。

オパールの中で、太陽や、樹や、花たちが愛をうたうという少女の夢を信じたい。


慎太郎は愚かである。

確かにドン・キホーテである。

けれども、愚かなものに対する共感というのはまた格別なのだ。

保田與重郎や伊東静雄と全く無縁な青年が、ただひたすらに自分の肉体を信じたのである。

たいして良くない頭と、たいして強くないバネを提げた青年が、自分の肉体のみを信じようと悪戦苦闘したのである。

湘南海岸の太陽の下で、一人の青年がマゾヒズムの極限まで突っ走ろうとしたのである。

彼は最近国会議員になったようだ。

石原慎太郎万歳。

中学生以下的な慎太郎論を恥ずかしげもなく書く、いいだももなどと比べたらはるかに立派だ。

フランス人の多くはナポレオンを憎んだ。国家の損失と敗北とを総（すべ）て彼の責に帰していた。しかし、イギリスに対するフランスの反感、偉大なる数々の追憶、幽閉に関する物語の壮大さ、等によって極めてすみやかに憎悪は憐憫に、さらには愛情へと変わっていくであろう。

国民は、ボナパルトの追憶を革命の想い出に結びつけるであろう。

ブラームスの悲壮性を、あれはブルジョア的だから反革命だ、と言う馬鹿がまだいるらしい。

革命。

僕はこの言葉からショパンを想う。

一八三一年秋

ワルシャワ陥落

練習曲十二番　作品十の十二

革命のエチュード。

この左手のための練習曲は短調なのだ。

人間の存在とは、その究極においてまことに短調的である。

そして僕等の革命とは、自らの肉体をこの短調に賭けるということ以外のなにものでもない。

江利チエミの大衆性に革命はないのだ。革命は、雪村いづみのあの孤高の絶唱にある。

けれども情況は、僕等にとってあまりにも、あまりにも厳しい。

慎太郎は、湘南的特質の中で湘南的闘いを挑み敗れた。

そして今は太陽の季節ではない。

太陽の季節など遠い昔のできごと。

湘南海岸を被っていた、あるいは赤坂の街に潜んでいた挫折の甘い調べは、僕等の中でもう風化してしまっている。

喪失感が、鮮やかな喪失感が僕等のすべてだとしたら、それはそれでまた楽しいものなのだ。

だが僕等にあるのは、昭和二十年代生まれの僕等にあるのは、喪失感なき喪失感である。

甘い調べを抜取られてしまった喪失感である。


フラフープの魔力は想像以上に強い。


ある種の宿命をもった人には悲しい余裕がある。

そして、悲しい余裕と激しすぎるほど激しい行動力とはまったく同じものだ。

彼が激しく行動すればするほど彼の悲しみは大きい。

その座標上のドラマが彼自身よりも大きくなった時、彼の上にそっと十字架がおりてくる。

自虐の長い旅を終えたものにとって大文字の焰は十字架である。

新宿を焼出されたものは鳥辺山に行くしかない。

新宿から鳥辺山に——大文字の焰は八月十六日だけではないのだ。

フーテン美穂の瞳にはいつでも大文字の火が映っている。

彼女の瞳はいつでも焰で濡れている。

ふと見れば
　大文字の火ははかなげに
　　映りてありき君が瞳に

（吉井勇）

祇園花見小路を左に折れた坂道、
八坂の塔を望むこの坂道に一人佇む美穂の姿を僕等は忘れてはならない。
（１９６９年2月「遠くまで行くんだ…」2号）

赤い靴

佇む心の遥かな希い　姿勢正眼悲しき
綱渡り　赤い靴は何故に燃えたつのか

Ｉ

ヤミ市　栄養失調　停電　といったこと
「つきのさばくをはるばるとたびのらくだはゆきました」のメロディーに優しく拮抗している
のだ
この表現少し変だけれど　ぼくの執着おそらくここにある
比喩ではない
あくまでメロディー

それが呼びおこす蓬々の放射
茫漠繊細過ぎる風
生活　とりわけ修辞を剝がした生活は　呼びおこされたものと融合的に拮抗して　一つの海を
形作る
様々な琴線呑込む海
ヤミ市でありながら　磯の雨に水中花漂い　人は心の処遇を想うのだ
生活から毒気抜取り　危険避けて綺麗事並べているのではない
問題は　現実視据える眼の座標軸の裏側にある千紫万紅の部分
その隠微嬋娟な息遣い
そしてそこに海が投射される
正確に言えば　投射されるのでなくそこに再び帰ってくる
自分を形作った究極の部分に再び帰ってくる
座標軸の裏側の息遣いと　息遣いが織成す深層意識の屈折絵模様
「つきのさばくをはるばるとたびのらくだはゆきました」は奇妙な美しさを伴いつつ拡散浮遊
する魂と倍音共鳴のメロディーだ
過ぎる風　時として修辞剝がした生活を漂白してしまうことがある
生活から重力なくし　すべてをガラスの器に入れてしまうことがある
拡散浮遊「つきのさばく」この瞬間

現実視据える眼の座標軸になどたいした意味はない
最後の姿勢息遣い
息遣いが形作る海の色
鏡張の不思議な部屋
融合的拮抗　投射されるのでなく　究極の部分に再び戻ってくる　という構図は無限にくりかえされるのだ
阿鼻地獄の果ての無重力空間
現実と息遣いとの屈折した触発が海をつくり　その海が鏡張の不思議な部屋で踊り続け　やがて究極の部分に帰っていく
そしてこのこと　この過程そのものは　さらに大きな海の底に　深く深く沈んでいくのである
鏡の部屋　おびただしい数の虚像中心にしてまわる円環絵模様　弧を描いて無重力空間海の底
人が心の処遇想う時　磯の雨に水中花粛と漂う
拡散浮遊する魂の海　無限反射の阿鼻地獄に濾過されて　水中花の記憶胸に抱き　戦いのない
静かなところへと流れていく
息遣いが織成す悲しい軌跡

急ぎすぎる
この文章急ぎすぎる

けれどこの性急さをとってしまったら　ぼくらにいったい何がのこるというのか
いい気な上滑りで言っているのではない
やけくそで言っているのでもない
記憶とも呼べぬ記憶　故に最も美しい記憶　至上の旋律　を醒めた心で抱(つつ)みながら言っている
のだ
予定の行動
いや　予定の行動に徹するということ
強いられる前に　自ら進んで蟻地獄に落ちるということ
光より速(はや)く走るということ
さらには　それをごく自然に　また黙ってやるということ
風になるということ
蟻地獄の果て風の帝国をつくるということ　嘘の詩や嘘の文章しか書いてはならぬということ
腹を割って話す　などという最も醜い欺瞞を演じてはならぬということ
主体をもってはならぬということ
口から出まかせしか言ってはならぬということ
眼鏡の奥の苦渋に満ちた表情が相手の軽薄さを見抜く　といった下卑た情景霧吹き使って掻消
さねばならぬということ
執着してはならぬ　とりわけ自分に執着してはならぬということ

至上の旋律　それは雨吹き込まない軒先の線香花火
軋んだ記憶
醒めた心で抱（つつ）むべき軋んだ記憶
作為
二重に強いられた意志としての当為（ゾルレン）
予定の行動
ぼくらにとって　まだ生まれぬ以前からすでに決まっていた予定の行動
問題は磁場駆ける意識のスピードにあるのだ
疾走する意識の線
奇蹟
疾走が必然を突抜ける奇蹟
疾走が　水中花の記憶胸に悲しく流れる息遣い　の必然を完璧に突抜ける奇蹟
執着凝視という姿勢には　姿勢そのものが用意する落し穴が存在する
そして　落ちないように厳しく自分をチェックする　といった方法は常に無駄である
方法自体が渦の中
渦巻の回転を極限まで上げねばならない
つまり　落ちてしまう百倍のスピードで自ら落ち込まねばならない
軋んだ記憶醒めた心で抱（つつ）み二重に強いられた作為としての疾走を　極限まで上げた渦の回転に

よって渦を壊すということ
疾走する意識の線によって必然を解体するということ
位相の選択ではなくぼくら最初の最初からこれしかなかったということ
主体をもってはならない
なぜなら　すべての予定はもう組まれているのだから
口から出まかせしか言ってはならない
なぜなら　腹をわって話すなどという最も醜い欺瞞よりも少しはましだろうから
とにかく急ぐことだ
脇目ふらず急ぐことだ
危険よりも速(はや)く走れば危険の方が拡散して風化する
左足が地面つく前右足あげれば空も飛べるだろう
空飛ぶ人間見たら猛虎だってびっくり仰天　虎児の一匹や二匹熨(のし)をつけて贈ってくれるかもしれない
最初から急ぐことしかなかったのだ
すでに織成されていた深層意識の屈折絵模様
倍音共鳴のメロディーとしてのみあった　即ち風景としてのみあったあらゆる現実
さらには　この現実を装置とみなす五感操作をも凍らせてしまう醒めきった心
いま五感操作すら現実である

舞台装置としてのみ存在する現実である
ぼくら操作を操作しながら急がねばならない
いや　命を賭けた性急さで操作を操作せねばならない
劇中劇の疾走が必然突抜ける白い夢
二回転三回転した虎穴虎児姿勢

そして　ぼくとぼくらにこの姿勢を確認させた一つの要因に桶谷秀昭の息遣いがある。

「その日、妹と寄寓していた家の従姉と山ふたつこえ、日本海へ泳ぎにいった。三里の山路をはげしい陽を浴びてあるいた。海辺で聞いた敗戦のしらせが信じられなかった。わたしはふたりよりおくれてひどく疲れてあるいた。このはげしい陽光がたしかであり、眠ったような山村の実在が信じられる以上、敗戦はありえない。………ゆうべの訪れに昂ったこころは冷えていった。暗いだだ広い部屋の片隅で従姉が嗚咽し別の片隅で母はひっそりと涙をながしていた。わたしは虚脱し、疲労に沈んでいった。」

（桶谷秀昭「記憶と回想」『近代の奈落』所収）

この種の文章あまり引用してはいけないのだが敢えて引かせてもらった。
問題は魂の匂である。臭と紙一重　とでもいうべき魂究極の匂であるだから「日本浪曼派の問題を根底から止揚する思想的な原理は、もしあるとすれば、どこに求められるのだろうか。いままでのところ、資質という個性の要因と、伝統的美意識、倫理構造との交叉に問題の所在はあきらかにされた。これらの軸で日本浪曼派の問題の構造は尽くされているといっていい。〔原文改行〕しかし、それの止揚という思想的課題に関するかぎり、吉本隆明の〈大衆的動向〉という要因は必須の条件になってくる」（「日本浪曼派の〈回帰〉」）など
と桶谷が書く時ぼくは心の不満を禁じえないのだ。
日本浪曼派の問題を根底から止揚する思想的な原理？
もしあるとすれば　でなくそんなものどこ捜したってありはせぬ
思想に原理なく原理に思想ない
止揚云々した瞬間この問題宙に浮く　止揚とは元来不潔な言葉だ
この言葉　かの空よ若狭は北よ　及び　若狭の雪に堪へむ紅（くれなゐ）の想いを超えてはいない　むしろ滑っている　雪の上を醜く滑っている
資質と伝統的美意識倫理構造との交叉に果して問題の所在あるのだろうか　個性　伝統的美意識　のx軸y軸で問題の構造尽くされているのだろうか　ぼくはそう思わない
人類の祖先　もぐら　であった
からだは黒い灰色　長く突き出した口先もち
一生を土中ですごす　あのもぐらであった
一億二千万年前の孤独

もぐらは太陽憧れた　と同時に羞恥を持ってしまう
含羞の眠り
もぐら一日の内四時間　穴(トンネル)掘り　あとの二十時間は俯せになって眠る　ただ眠るのではない
俯せになって眠るのだ
一億二千万年前の孤独
プロントザウルスの時代　巨大な爬虫類群から身を躱したもぐらは怖々と空を仰ぐ　そして
太陽　天地のはじめ即ち天地の終わり　春光の四辺即ち雷鳴の嵐　言語に絶する命の様式　有
機無機の壮絶なる乱舞　をそこに見るはずだった　確かに見た――しかしその刹那　彼の心は
羞恥に満ちてしまったのである
無意識の憧憬無意識の羞恥
隔り　プロントザウルスからの隔り　プロントザウルス含めたあらゆるものからの限りなき隔
り
隔りがアメーバ運動開始する時　それはいつの日か必ず自意識すべてに先行し君臨することを
約束する
一億二千万年前のもぐらはそういう存在としてあったのだ
俯せ睡眠二十時間　背中まるめ　手足縮め　頬を埋める二十時間
仰むけになって眠ることはどうしてもできない　躊躇なく仰むけになれるのは死んだ時だけ
死んでしまえば背中と手足ぴんと伸ばし　笑いながら空見ることできる

もぐらは恐怖に勝てなかった
自ら憧れた　有機無機の壮絶なる乱舞　が自分を真上から押潰す　という恐怖に勝てなかった
観念的な自覚と具体的自覚　二重の自覚が招いた　少しでもその場動いたら我身壊れる　という恐怖に勝てなかった
観念的自覚　具体的自覚に横滑りし　具体的自覚　肉体的条件に横滑りする
四時間の穴（トンネル）掘りはプロントザウルス避けるため
二十時間の睡眠は　背中まるめ手足縮めた分だけ夢を食べるため
含羞の恐怖　自意識の君臨
悲しい眠り
飛翔　空飛ぶもぐら　太陽を自在に翔るもぐら　始祖鳥と交す微笑（ほほえみ）　鳳凰の歌　やがて嵐　快い混沌　高度三千から一転深度三千海底歩くもぐら　流れる感触に鮟鱇の灯　地中潜って陸（おか）を抜け海遠望　夕凪　夕波始祖鳥　プロントザウルスの行進　長い首よじ登りその背中に坐込むもぐら
遠い記憶に魂埋める二十時間　現実抹殺綿の夢食べる二十時間
悲しい眠り
この話誇張ではない　今猶爬虫類恐れる哺乳類の習性みよ　憧憬と羞恥　これが問題だ　輝く太陽刹那の屈折隔り無限自意識君臨
射程二億四千万年

個性　伝統的美意識　のx軸y軸で問題構造尽くされている　と言ってはならぬ　問題の根本
座標軸超えたところに存在するのだ　今はやりの「自己変革」嘲笑し射程三百年と言ったのは
村上一郎だが　もぐらから下って一億二千万年そしてさらに一億二千万年プラスの前後二億四
千万年　正しい射程の認識は二億四千万年である
隔り鬱屈物質精神乾きのシンメトリー二億四千万年
思想に原理なく原理に思想ない
吉本隆明「つみあげられた石が　きみの背丈よりも遥かに高かったとしたら」という問をぼく
らもたぬ「悠々とした苦闘」といったものをぼくらもたぬ　「ぼくら」がいいかげんなら「ぼ
くは」と言いきってしまってもよい
とにかく急いでいるのだ
桶谷なら「予断をゆるすガキの遊び」と笑うだろうか　しかし　必然よりも速く走り二億四千
万年の射程に一矢むくいる　ことへの執着以外なにがあろう
石をつむのではなく　自身が必然の環を破る石になること　誇張ではない　あきらめのやけく
そでもない　それなら馬鹿ではないか　と言われそうだが　何を言われようがこれしかないの
である
問題は憧憬と羞恥　そして匂と臭　人間を蝕みまた美しくしたもの　民族を蝕みまた美しくし
たもの　思想とか原理とか止揚云々とかにまったくかかわりなく「もぐら」以来存在し、これ
からもおそらく存在し続けるに違いないもの

だから「日本浪曼派の問題を根底から止揚する思想的な原理は……」などと桶谷が書く時ぼくは心の不満を禁じ得ないのだ　ものを書く以上ほかに表現の仕様がないではないか　ともちろんわかっていながら不当で独りよがりな不満を禁じ得ないのだ

話が逸れてしまった　もとに戻そう

「このはげしい陽光がたしかであり、眠ったような山村の実在が信じられる以上、敗戦はありえない」　問題あくまで魂の匂である　臭と紙一重　ともいうべき魂究極の匂である　他は考慮の外
記憶語る桶谷の息遣い　ぼくに　キリコの街の憂いと渇き　を想起させるのだ
敗戦体験言っているのではない　それは次のことと関連している

はーるのおがわはサラサラいくよ

一瞬の名残り
不思議な寂寞につつまれた春の川
すみれやれんげであってすみれやれんげでないもの　なだらかに上がって　なだらかに下がる
中庸のメロディー　このメロディーに毒はない　あたり焦がす毒はない　けれどこれを箱庭と

呼んではならぬ　失われしものと呼んではならぬ
屈折回路を当無く彷徨うゆるやかな寂寞　箱庭失われしものと呼ぶこと超えてしまっているの
だ　というより　そう呼ぶこととの或るずれが確実に存在しているのだ
すみれやれんげであってすみれやれんげでない中庸のメロディーとは決定的である　そこには
絶えず透明な冷たさがつきまとう
一瞬の名残り　若しくは名残りの構造　ゆるやかな　そして淡い凝結　距離の冷たさ　感覚の
透視画法
冷たさとは　限りない隔りの果てからだ透徹り　鏡に姿写らなくなった者の悲しいやさしさだ
凝結したすみれでないすみれは中庸のメロディーにのって構造を歌う　構造だけを歌う　憎悪
に満ちてではなくやさしい冷たさで構造だけを歌う　失われしものと呼んで一息つく余裕をこ
のなだらかさは許さない　屈折回路を当無く彷徨う春の姿勢自体が一息余裕拒んでいる
前方より襲いくる暗闇に勝る　後方より忍びよるやさしい寂寞
剝製の彷徨中庸の凍結
失われしものと呼べそうで呼んではならぬ後方のメロディー
この不思議な寂寞につつまれた春の川想う時　ぼくは連鎖的に「赤いくつ」を考えてしまうの
だ　つまり　赤いくつはいてた女の子／異人さんにつれられていっちゃった　の歌である
いつ頃できた歌かは知らぬ

けれどもこれはおそろしく時代的な歌　過(よ)ぎる「赤」いま猶(なお)鋭く滲む　といった意味でおそろしく時代的な歌

赤いくつの赤は　世界地図大日本帝国領土の赤であり　保田與重郎「ソビエト大使館の赤き旗」の赤であり　赤いリンゴに唇よせて――の赤である。

滲む響音懐かしき擬短調沈痛の横滑り　流れる線は　上海　横浜　そしてシアトル　南下北上でなく南下北上のエアポケット懐かしき横滑り　昭和初期の英語テキストのたたずまい

静かな夕暮れ豆腐屋通る憂いの街は　以前たしかに歩いたことがあるのだ

歌忘れた「かなりや」うしろの山に捨ててはならぬ　柳のむちでぶってはならぬ　彼女にはやはり象牙の舟と銀の櫂(かい)　そのままそっと月夜の海

メロディー擬短調の悲響を続け　いつか歩いた豆腐屋通る憂いの街は　今日もまた静かに暮れていく

南下北上のエアポケット上海横浜そしてシアトル

赤いくつは何故に燃えたつのか――

「このはげしい陽光がたしかであり、眠ったような山村の実在が信じられる以上、敗戦はありえない」　はげしい陽光　眠ったような山村　考えてみれば恐ろしいことである。たたずまいの美学は微動だにしていない　屈折し　よりさかしまになっていると言ってみたところで根本の跫音(きょうおん)は同じだ

軋む琴線　流れる風景
人は無意識のうちに選択を強いられる　己れの戦場の選択――という言い方を許してもらおう
空は動かず　動くは一陣の風　桶谷が選んだのは沈鐘であった　腰までつかる泥田を凝視し
溺れることなくそこに浸りきり　そして浸りぬけようとする困難な道であった
さらに言えば　選択云々と卑しいまねをするのはぼくである　桶谷自身は選択などしていない
はげしい陽光　眠ったような山村　に連なる感受性の色彩　余地を残さぬ　またはすべてが余
地である遠い遠い海の色
選択といった小器用な余地はなかったのだ
あらゆるものが滑っていく　それが良い兆候であるかないかなどどうでもよい　影のようにつ
いてくる　たたずまいの美愁と　軋む心を徹底的に咀嚼（そしゃく）すること　暗いだだ広い部屋での従姉
の嗚咽を　内の内までたぐりよせること
桶谷にとってこれは必然であった　遠くて近い意志そのものであった　従うしかない意志はや
はり存在する　ある種の幸福を幸福とせず桶谷は行かねばならぬ　姿勢が招く甘美な誘いを退
けるは至難の業に違いないけれど　すべてが上滑りに滑るなかで　二十五年前の嗚咽を　私が
咀嚼することなしに誰が顧みようか　それもたたずまいをたたずまいとして究極的にだ
姿勢正眼美しき綱渡り
彼は小田切秀雄を撃ち　和泉あきを撃ち　磯田光一を無意識のやさしさで撃ち　そしてAを撃
ちBを撃つが　問題はそんなところにないことをよく識っている

撃つべきは己れ自身　己れの姿勢が招く甘美な誘い　希いとは世界を擁み　希いの希いとは街の底に沈むもの
北原白秋　春の鳥は鳴きそ鳴きそあかあかと外の面の草に日の入る夕　とはやや異なった資質もつ桶谷　いってしまえば　誰がはかせた赤い靴よ涙知らない乙女なのに　なのだが〝夏の暑い盛りに明治天皇が崩御になりました〟と〝昭和十二年七月七日夜ＪＯＡＫラジオ　鶯の饗宴ミスコロンビアの歌声突然中断臨時ニュース関東軍北支へ……〟と〝野辺に咲くれんげ草春霞〟との胸しめつけらる交錯　美しくて醜いその海を　それでは如何に泳ぐというのか過ぎる風は恐ろしい　二重の意味で恐ろしい　意志をいとおしみにかえ　さらには　いとおしみに溺れる心を拒否せんとする最後の胸墻をも羽毛でくるんでしまう
〝まだ逢わない少女からのてがみをあてなく待ちつかれて　ゆうべの街へ出かけていった　街のメイン・ストリートは沿線の小駅の東西に延びていて　あるいて　たちまち尽きてしまったするとそこが一日のおわりだった　不機嫌な想いよ　一日のようにおわれ　あかるい少女らの頬よ凍れ　わが想いよあかるく哄笑せよ（記憶と回想）〟という色調は正統である　悲しい正統である　野辺に咲くれんげ草春霞の軋みである　この色調の行着く先は二つしかない　阿鼻地獄に落ちるか風化するかの二つしかない　選択でなく強いられたものとして在る遠泳　そして強いられた泳ぎを泳ぐ者だけが識る懐かしき陥穽　桶谷に対する執着　あるいは彼の究極ポイントはこの一点
「骨を切らせて肉を切る」では敗ける　「骨を切らせて命を絶つ」でなければならぬ　率直に言

わせてもらおう　小さな街の溝板（どぶ）に潜むあの懐かしき陥穽と　己れの意志とが　アメーバのよ
うに触れたとき生ずる内部の海に就いて 桶谷はかなり危ういようにぼくには思えるのだ
内部の海を泳ぎ抜けるのは難しい　内部で溺れた者は歴史を呑んだ東の海を咀嚼すること叶わ
ない　溺死者たちの負の光芒
問題のアウトラインは　日本語をかなり無理して使うと次のように表わすことができる
現実視据える眼の座標軸は血液銀行の登録ナンバー　鏡張りの不思議な部屋　最後の姿勢息遣
い　懐かしき陥穽と己れの意志がアメーバのように触れるというのは嘘　融合的拮抗というの
は嘘　無限にくりかえされる　ただ無限にくりかえされるメロディー　蓬々の放射　拡散浮遊
する魂撃つは容易　けれど拡散浮遊と逆ベクトルのように見える亀裂防ぐは至難　陥穽と意志
アメーバのように触れはしない　意志の内（なか）に陥穽あり凝視の内に妙（たえ）なる旋律
便宜的な言葉使うまい
くりかえされる　ただ無限にくりかえされるのだ　吹雪　旋律である北上（ほくじょう）息遣いは　旋律その
もの己れ自身を叩潰（たたきつぶ）すことできるのか——

Ⅱ

ああ
その饗宴はどこにあるのだらう

古ぼけた部落(むら)であった
千年の樹(こ)の間を縫ふて
マリアの石像が点々と風に吹かれてゐた
われらの聖歌隊はどこにゐるのだらう
その饗宴こそ
私が生涯を懸けた願ひであった
あの人は言った
―この道を行けばある
けれども
私はいつまで歩き続けねばならんのだらう
陽(ひ)も落ち
美しい一日もとっぷりと暮れてしまった
鴉がばたばた闇に消えた
―帰れ
―帰れ
風が怪しく囁いてゐた
その饗宴は虚忘であったのか
　赫かしい聖火

絢爛の旗
天に轟く讃歌
それはひとにぎりの私の夢であったのか
おお
砂塵を嘸んで嵐が馳けてくる
私の五体も私の夢をもすっぽりつつんでしまった
私は昇天する
饗宴の夢を抱いたまま私は昇天する

（神保光太郎「悲しき昇天」）

悲しき昇天

昭和十二年の神保光太郎

九年たってこの世に生まれた　そしてすでに二十六年が過ぎようとしている
五感の枯渇
想うことは五感の枯渇
もっと正確に言ってみよう

想うことは五感の枯渇の予感である　五感操作する均衡意志摩滅の予感である　均衡意志鈍化
がそのまま済崩し(なしくず)的五感均衡を招く予感である
たかが二十六年を　すでに二十六年と言ってしまう悪しき発声は　この予感と無関係ではない
均衡意志による五感操作　悲しき習性　軌跡は短くなり　屈折と風化はますます複層的な度を
加えている
五感操作は所謂近代の所産である――式の言い方嫌いだが　この習性そもそも　戦い　負の戦
いの陰画であった　操作二文字のイメージ軽いけれど　これは強いられた操作であった　自覚
あとから追いかけてくる　或は自覚なき　操作とも呼べぬ操作であった
強いられ　尚且つ自覚うすき位相とは決定的である　自覚あればさらに決定的である
水高きから低きへ流るるを　低きから高きへ流そうとするは絶望的な戦いだ　モーター憎悪す
る男が　小さなシャベル抱えて如何に戦うのか
悲しき昇天　勝利への希求　それも圧倒的勝利への希求は　必ず鳥辺山を用意する「砂塵を
噍んで嵐が駆けてくる／私の五体も私の夢をもすっぽりつつんでしまった／私は昇天する／饗
宴の夢を抱いたまま私は昇天する」は清水寺から西大谷にかけてを静かに彷徨う
自覚はいずれ追いついてくるものだ
圧倒的勝利への希求二重底
軋んだ姿勢絢爛の旗に摩替(すりか)わる　均衡意志による五感操作　イロニーとしての圧倒的勝利希求
姿勢「その饗宴こそ／私が生涯を懸けた願ひであった」詩人が走ったのは寸分違(たが)わぬ予定のコ

ース　饗宴は確かに陰画であった　しかもそれは人喰陰画　陰画の枠を越えてしまった人喰陰
画　春の夢の蟻地獄
饗宴と圧倒的勝利希求姿勢とは同じでない　後者は至極現代的である　前者と後者を入換えて
も究極のところ変わらない　とも言えるのだがこのこと後で述べる
悲しき昇天　には文字通り囲み括弧を与えねばならないだろう　軽薄な囲み括弧であり「自
覚のスピードが問題」などと説明でもつけようものならよけい軽薄になるのだが　一応括弧
をつけて考えてみたい
饗宴の夢は　春の雨と佇む桜貝だ　小磯春雨佇む桜貝　詩人の魂走らせる　しのぶ想いをふり
袖に　は若狭の匂い　かくす泪八坂の塔凝視し　やがてそれが円山の桜招く　凝視はくるまれ
くるまれて　恋しや祇園祇園恋しやダラリの帯
魂はやはり走るもの　意志ではない　均衡意志である　習性である　くるまれ流された凝視は
無意識のうちに逃げ　そのままやさしく消えていく
漂泊　無重力の美学　昭和十二年の詩人夜霧に沈む　水輪虚しく一人揺曳
問題は五感の枯渇の予感なのだ　囲み括弧の　悲しき昇天　に戻りたいとは思わない　微妙に
そして限りなく離れているものに戻りたいとは思わない　覚悟はできている　腰までつかる泥
田の中で　相手のいない百メートル競争をする覚悟は十分できている　けれどもこの予感は九
分九厘あたる予感だ　感じた瞬間現実追越す時速千キロの予感だ
覚悟と夢が不安定な時間を裏返しに喰っていく　圧倒的勝利確信が圧倒的勝利希求姿勢に

それがやがて五感操作する均衡意志摩滅の予感とともに春霞をつくり　そのまま済崩し(なしくずし)的五感均衡に流れる　均衡意志鈍化　拳銃最後の弾丸(たま)尽きる時

悲しき昇天　とは違うのだ　襞(ひだ)の数異なり　昇天するにしても　親鸞雲がない

ではそれをも含めて「覚悟できている」とした場合　覚悟とはいったいなにを意味するのか腰までつかる泥田　相手なき百メートル競争　ある種の強いられた操作行動は　ある種の熱(エネルギー)を生みまた毒をもつ　夢が先か自覚が先か云々どうでもよいことかもしれぬ　問題はその毒にある　その毒が掛値なしの猛毒か否かにある

この国では　毒を食って(くらって)匍匐(ほふく)前進より　昇天して解毒剤ばらまくほうがはるかに多い箍(たが)のゆるんだ花鳥風月　いやこんな言い方しては少し性急だろう　的確さを欠く

明らかにそれは凄まじい熱(エネルギー)であり　この上ない猛毒であった　アリューシャンからニューギニアまでを占領した　言語に絶するほどの猛毒であった

やはり的確さを欠く　どこかくい違う　くい違いは操作行動の内部にあるのだ　均衡意志による五感操作がもたらす行動　乃ち例外なくその実体はマイナスあらわすベクトル

とどのつまり　神保光太郎「私の偉大な敗北に関連して、二十代の青春に於て、忽ちに天下を風靡し、忽ちに没落し、三十代にしてはその行方を知らない」に落着する

ある種の強いられた位相が生みだした毒は猛毒ではなかった　というより　猛毒に転化できるわずかな可能性を自らの手で潰した　さらに言えば　生みだした毒は毒でなかった

現実に棲息する人々に　或は現実そのものに潜む猛毒の陰画であった　くい違いは位相の位相

が抱えていた
可能性を潰したことを責めるまい　万に一つの可能性だ　走ったのは寸分違(たが)わぬ予定のコース
であり　残したものは失意の歌であるとわかればそれでよい
生みだした毒は毒ではなく　位相の位相が抱える快いくいちがい
如何しても頭離れぬ問　アリューシャンからニューギニアまでを占領したのは猛毒と違うので
はないか　という想い
確かにそれは凄まじい熱(エネルギー)であった　しかし熱必ずしも猛毒とは限らない　猛毒必ずしも猛毒
とは限らない　猫の首に鈴の猛毒というのもあるのだ
やさしさの屈折　蟻地獄の内(なか)出口なき足掻
それは猛毒と呼べないのではないか　鉄壁のG・K(ゴール キーパー)すらあっと驚く
手足ぴんとのばした猛毒と呼べないのではないか
朝日のようにさわやかに　などと言えないことはわかっている　けれどもそれは　アリューシ
ャンからニューギニアまでを占領したその熱(エネルギー)は　畢竟(ひっきょう)ハツカネズミの円環ではなかったか
という想い消し難くあるのだ
マクロコスモスであり　またミクロコスモスでもある円環　すなわち群(ぐん)の内部にある　敗(ま)けて
しまった熱(エネルギー)を　猛毒と呼ぶことやはりできないだろう
ことは簡単でない　二重三重どころか　五重六重の変則屈折である　拍車をかける過ぎゆく時
間

ようするに何も変わっていないということだ　まだ壊されずに円環がそこにあるということだ
破壊するのがますます困難になってきているということだ
位相の位相が抱える快いくい違い　位相なき心　無意識の位相が抱える無意識のくいちがい
後者はあくまで暗く　場合によっては前者をもしのぐ闇の恍惚をもつ
まだまだ何も変わっていないのだ
見て呉れなどにかまっている暇ない　遥かなる射程　腰までつかる泥田　相手なき百メートル
競争

悲しき昇天　ここには奇妙なスピード感のようなものが流れている　虚しい乱れの裏側にあるのは　この奇妙なスピード感のように思える　歌が走っているのだ　均衡と弛緩に向かって死物狂いで走っているのだ　こんな言い方は酷だろうか　夢と自覚の悲しい絡み　自意識逃れる霧状の魂　強いられた心は先を急ぐ　五感操作は次の五感操作生み　均衡意志は棘なくなり霧散の加速度つき　摩替え弛緩を経て昇天に至る　三十五年前のやさしい軋み
問題は　もう追付かなくなってしまっている　ということなのだ
饗宴では追付くことできない　絢爛の旗もない　ぼくらにあるのは圧倒的勝利希求姿勢
二転三転醒めた余裕美しく醜い歪んだ希求姿勢
自覚のスピード云々とは少し違う　最初の最初からそうだったと言うべきか　饗宴の夢の記憶
幻の幻としての絢爛の旗　反復　入乱れた反復　五感操作を五感操作する心と　鋭角鈍角鬩ぎ
あう均衡意志と　既霧散から再霧散への内なる誘いとが　乱れに乱れた反復運動　摩滅の予感

の摩滅の予感は激しく静かに降りてくる
腰までつかる泥田すらぼくらにとって乾いた装置　設定のイロニー　破れ　障子繕う目の疲れだが戻りたいとは思わない　微妙に　そして限りなく離れているものに戻りたいとは思わない与えられた武器片手与えられた戦場に飛込むをこの国では戦いという　少し気障(きざ)だけれど　これが三十五年の歳月であった　悲しき昇天　に囲み括弧付けざるを得ない歳月であった
究極何も変わらぬまま時は流れ　襞の数愈々増えていく　乾ききった舞台装置彷徨うのは　夢の記憶を刻み込んだ無数の襞　すでに二十六年と言ってしまう悪しき発声　反復加速度摩替え弛緩そして済崩し的五感均衡
覚悟とはなにを意味するのか　しのびよる枯渇の予感のなかで　覚悟とはいったいなにを意味するのか
圧倒的勝利希求姿勢見据える遥かな眼　意志　遠い心の飢えにあるひそやかな意志　与えられた戦場から逃れることはできないのだ　どんなに乾いていても　そこに舞台がある以上　上(のぼ)って演技し続けねばならぬ　泥田の中　相手なき百メートル競争　蹴る足が装置を内から砕くということ　つまり　加速度に加速度乗じて磁界とし　五感均衡そのまま弛緩と連なる余裕断ちさらに　磁界内部のあらゆる反復運動スピード極限まで上げ　強力な磁界の磁界つくり　均衡意志毒もった鋼(はがね)の針に転化させ　円環そのものを内から突破るということ
役者の本分は　死んでも演技し続けることにあり　演技の果て　己れと舞台とを破壊し盡(つ)くすことにある

――覚悟の意味あとで述べよう　このまま進むと白々しくなるばかりだ

君よ知るや南の国
ミニヨン　太陽
運動の自由奪われ
速力七ノットに落ちた大和は
それでも全力を出して南下する
二十七年
北の海の小型潜水艦もまた
南の国を夢見るのか

〝春光の四辺　さながら天地のはじめにいると思わせ　わが魂が天地に充満したような　生そのものの原始状態〟と言ったのは日沼倫太郎だけれど　ぼくら真に執着すべき　凝視すべきはこの言葉でなく　言葉の彼方に廣がる　やや奇妙な地平であるように思える　魂が天地に充満したような生そのものの原始状態　など最初からなかったのだ　あったのは記憶　書き記(しる)すこと絶対不可能四辺春光の記憶
執着すべき地平強調しているのではない　困っている　死ぬほど困っているのだ　前例なき

むろん余韻なき　乾きに乾いた　七顛八倒の苦しみ　嘆きではない　決して嘆きではない　嘆きなら歌にもなろうが　この有様はいったい何だろう　万年筆片手に七顛八倒　原稿用紙の上の猿踊り　一行書くのに足まで使って三日を費す　確かにこれは苦しみである　鬱屈した　暴力的な　潤いまるでない苦しみである　言葉がないのだ　言葉がないのだ　言葉がないのだ

日沼の言葉違っている　微妙なところですべて違っている　敢て日本民族と言わせてもらえば日本民族の歌　民族の命　彼が言うようなものではなかったはずだ　そんな響音ではなかったはずだ

形容の仕方言っているのでない　行間に漂う心を言っている　彼の心の弱さを言っている　彼の心のやさしい屈折を言っている　日本の短調に喰われてしまった男の哀しい揺れを言っている

微妙なところ違えばすべてが違ってしまうのだ　彼に　生そのものの原始状態　理解することできぬ　理解することできるが　やはり理解することできぬ

日本民族の本体であるべき永遠の春光　全力疾走　春光に向かって全力疾走　なんと速く走れることか――いままで瀕死の重傷負って喘いでいた人間たちなんと速く走れることか――

あまりにも暗すぎる　あまりにも暗すぎるのだ　日沼は己れを知抜いていた　そして全力疾走もせずいま一人天（そら）を彷徨う

民族の歌に当為（ゾルレン）ない　天地のはじめ即ち天地の終わり春光の四辺即ち雷鳴の嵐　言語に絶する命の様式　言葉ないのが口惜しい　唯一そこにあるのだ　存在（ザイン）という名の甘さでなく　春光雷

鳴の構図すら超えて　唯一そこにあるのだ　様式なき様式　有機無機の壮絶なる乱舞
日沼の響音闇に沈む　わが魂が天地に充満したような　とは彼の哀しい心の揺れ　喰われてし
まった魂いとおしむ無意識の所作　隔りの軌跡が呼びよせる幻視絵模様
有機無機乱舞する民族の歌に当為(ゾルレン)なかった　至極現代的　二重に強いられた意志としての当為(ゾルレン)
なかった　日沼の響音闇に沈むは当然の帰結
困っている　死ぬほど困っている　書き記(しる)すこと絶対不可能四辺春光の記憶　七顚八倒限りな
き猿踊り
総てを喰われてしまったぼくら　既に日沼と同じでない　というべきなのだろう
喰われてしまったのは魂でなく　魂いとおしむ無意識の所作　魂喰われただけなら悲歌哀歌も
出来ようが　魂の裏側まで侵されては猿踊り踊るしかないではないか
侵されていく　記憶が侵されていく　嘆きの構造が侵されていく　乾いた鬱屈　均衡意志摩滅
の予感
いやこれは違う　この表現は少し違う　確かに記憶侵されてしまった　無意識の所作侵されて
しまった　だが　二重に強いられた意志　と呼べるものがぼくの内にはあるのだ　二重に強い
られた意志としての当為(ゾルレン)　背後絶壁至極現代的な虎穴虎児姿勢
日沼と同じでなく　乾いた鬱屈　均衡意志摩滅予感　をいかに処するかという問題　背後絶壁
なら次のシーン　戻るか　止(とど)まるか　飛ぶか　落ちるか　何(いず)れかであり　戻る止る不可能な以上
残るは飛ぶか落ちるか二つだけ　言ってしまえば落ちてみたいのである　というより　二重に

強いられた意志がぼくを突落すのである
春光雷鳴の構図すら超えて唯一そこにある様式なき様式をぼくらもたない　そしてその記憶書き記(しる)すこともまたできない　至極現代的　とは大嫌いな言葉だけれど　舞台装置やはり変るものなのだ
さてそれでは起居振舞如何(いか)ようにしたらよいのか　二重に喰われてしまった魂如何ように振舞ったらよいのか
春光雷鳴から限りなく離れ　その上　我が身いとおしむ無意識の所作侵された位相決定的　落ちること　しかも冷徹に且つ鋭角的に落ちることとしかないのである
七顛八倒鬱屈猿踊りは醒覚そのもの　覚醒ならぬ醒覚　凍った暴力　記憶沈んだ辺境桜花匂わずただ風が吹くばかり　嘆きの台詞(せりふ)漂白さる舞台　落ちること所詮作為なのかもしれないが醒めてしまった魂と　醒めてしまった鎮魂と　二つしてがぼくを圧倒的に強いるのだ
操(あやつ)り人形　人形に徹しようと思っている　表情を軽蔑し　原子時計の正確さで　与えられたコース走っていこうと思っている
摩滅予感を磁場にたたきこまねばならない

（1972年11月「遠くまで行くんだ…」5号）

遠い意志（一）

　昭和二十五年から三十四年まで、所謂五十年代は霞のように暮れていった。時代なんぞに針穴ほどの意味もないが、自身を抽出するため便宜的に使わせてもらう。そして二十五年以前の四年間、つまり最初の四年間を言えば、それは次のように形容できるのだ。決して泣くということのなかった、静かで存在感の薄い奇妙な幼児。赤子や幼児が自然の摂理に従って派手に泣く様（さま）、後で少し触れてみたいがとにかく奇妙な幼児の先を急ごう。霞のように暮れていった五十年代は、それ自体で見事なほどに完結していた。至福と言切ることが可能なくらい完結していた。進駐軍のキャンプに夕陽が落ち、真赤な口紅を塗立てた女の影たちが幾重にも重なりあう。冬に向かう小径の雨は、空間との境界を危うく侵しそうになりながら、いつまでもいつまでもその寂寞を舞い続ける。さらに、如何なる名状も許さないあの金縛りの、或はあの放下の絶対感覚。感動とは違うのだ。自身と世界と二つしてが、互いに相手を凝視しあい、吸引しあい、そして恐ろしいスピードで転位しあう。感動とは違うのだ。相互凝視と相互吸引の金縛りは無限放下の永遠の瞬間と既に等しい。自身が世界喰えば世界もまた自身を喰う。世界も夢見るということは識らねばならぬ。余談になるが、この絶対感覚をある時代にある種の強いられた形で現出したのが保田與重郎である。保田の感性、いま二流と断じこそすれ畏敬する気などまったくないが、それでも〝ここにおいて、死んでもよいということは、絶対感で、死生はない、永遠に即しているただ生のみである〟と語った彼の言葉は心に響く。保田の強いられた絶対感覚の形、幼児の自然の摂理と併せて後で述べる。さて、それ自体で完結していた五十年代は、もちろん最初の四年間からの連続ではあったけれど、決して泣くことなかった奇妙な幼児を、ある根源的な悪意の坩堝にたたきこむ作用果たしたのだ。作用というより準備と表現するべきかもしれないが、自身にとって五十年代とは、カマキリの前足にあわせつつ体のリズムとった四年間に較べて、カマキリそのものが内部に棲みつくようになった時代といえる。働きかけるということなかった奇妙な幼児は、働きかけることとついに覚えず、自他の論理を無意識に消滅させた。自他の区分どこにも存在せず世界は自身の内にある。金縛りと放下の絶対感覚は、そして舞い続ける寂寞を剝ぎとった寂寞は、幾重にも重なりあう世界そのものの影ではなかろうか。影が世界の生理ならば、自身はなにより世界であり、世界以上に世界である。見事な完結は必然であった。霞のように暮れていくのは当然であった。外部のカマキリが内部のカマキリとなることを変化とはいわない。自身にとって必然とはいえ認識とはいわない。原初の姿が、決して泣くことなかった静かで存在感薄い奇妙な幼児、なのだ。泣くことを奪われてしまったのとは違う。泣くことの不潔さは風の軋みより啓示される。泣くとは自他の論理であり、自他の論理とは下卑た嬌声であることやはり識っておかねばならぬ。自身と世界とが凝視しあい吸引しあいそして超スピードで転位しあう五十年代は、自他天地およそ関係ない永遠の瞬間をもたらすのだが、肝心な問題おこるのは実はこの後であった。いま時代年代を便宜的個人的に使わせてもらっている。作為的すぎるとか思込みだとかいう批判に意味はない。

　肝心な問題おこるのはこの後なのだ。完結五十年代は、自身をある根源的な悪の坩堝にたたきこむよう人知れず準備していた。それが悪意の萌芽たる六十年代に繋がっていく。五十年代が準備し、おそらくは自身も奥底で培っていたであろうひとつの確かな意志。遠い意志、などというと二重の我田引水になるからやめるが、六十年代に繋がっていくこの確かな意志は、もちろん自他の論理ではなく、自身を擁（つつ）みまた自身に擁まれる世界そのものに対する破壊の意志である。世界の影に対する破壊の意志であり、世界の生理に対する破壊の意志であり、自身の絶対感覚に対する破壊の意志である。認識のなさしめた技とは違う。世界の存在が軋みながら自身に強いた業（わざ）だ。射程二億四千万年、有機無機壮絶なる乱舞。限りなき膨張が希求するは秩序でなく破壊。風船は空気吸いこみながらも一本の針を捜している。自身である空気は針となるのだ。最後の一本の針となるのだ。水腫は決して許さぬ。これを世界に対する究極の礼儀といわずして自身の存在どこにある。そして自他の論理から最後の針は生まれない。自他の論理より生まれるはせいぜい風船内の空気の移動。五十年代が準備したものは、金縛り無限放下の絶対感覚を容赦なく叩きのめす自身の姿勢であった。この姿勢、なりゆきとも危機感とも異なる。ただのなりゆきなら水腫にも従うだろうし、また所謂個人的危機感など考慮の外。容赦なく叩潰す姿勢の相手は必然なのだ。自身を擁みまた自身に擁まれている必然の環なのだ。底抜けの浪漫主義では如何ともしがたく、ロゴスなきロゴス屋の自他論理からは臭気がただようばかり。自身を根源的な悪の坩堝にたたきこむとは、永遠の瞬間、完結の必然が別の必然生むこと。若しくは、膨張する存在が別の存在生み出そうとすること、と言って言えなくもない。自身の内なる世界と、世界の内なる自身とが、悪意に向かって疾走を開始した。これが六十年代だ。これが悪の萌芽たる六十年代だ。五十年代によって準備され、自身もどこかで培っていたであろうひとつの意志はここで初めて形となる。ここで初めて自身と世界の魂の形となる。金縛り絶対感覚の眩き転回。無限放下の仮借なき追放。異常細胞の水腫に清冽なる鉄槌。駆逐されるべき存在は極めて攻撃的に駆逐せねばならぬ。異常細胞が繁殖してあたり一面腐臭放つようになったら眼もあてられない。世界は終焉を望んでいるのだ。存在、或は存在様式にかかわる意匠など、それがどんなに精巧にできていようとも、いつも一片が余ってしまうモザイク遊びと絡繰りは同じ。

六十年代は自身に流れこんだ。自身もまた六十年代に流れこんだ。望む終焉悪の萌芽たる第二の存在は牛歩を開始した。

いま時代年代を無視して書いている。ただ便宜的に書いている。どうか理解していただきたい。祈るような気持ちでこの蛇足を記す。

ひとつの危機感が出発点になってしまった。その危機感とは、金縛り無限放下の絶対感覚がいずれ変質してしまうのではないかという予感に基づいている。内部が希薄になり、希薄になった分だけ存在がギスギスしてくることへの予感である。もし予感が必然の先ぶれだとしたら、絶対感覚が私を撃つ前に私が絶対感覚を撃たねばならぬ。絶対感覚が私を撃ち世界と存在が際限なき水腫となる前に私が絶対感覚そのものを撃たねばならぬ。過ぎ去った完結の十年間が裏側で醱酵させた危機感はある悪意となって六十年代を彷徨した。以下私は六十年代の彷徨を曲折しながら簡単に追っていくことにする。

君たちが運命であることを欲しないなら、「仮借しない者」であることを望まないなら、どうして私と共に――勝つことができようか？　君たちの硬さが稲光りを発して切断し寸断しようとしない場合、どうして将来、君たちは私と共に――創造することができようか？　創造する者は硬いからだ。そして君たちの手形を、まるで蠟の上に印するように、数千年の上に印することは、歓喜の至りと思われるではないか。――数千年の意志の上に、黄銅に書きこむように書きこむことは、歓喜の至りではないか、――いな、黄銅よりも硬く、黄銅よりも貴く。最も貴いものだけが、真に硬いのだ。おお、わが兄弟よ、この新しい板を私は君たちの頭上にかかげる、「硬くなれ」と。

（ニーチェ「ツァラトゥストラはかく語ったⅢ」）

最も貴いものだけが真に硬い。私はこの言葉にほとんど眩暈を覚えていたのだ。二重に強いられた意志としての当為。魂の火炎が必然を突抜ける奇蹟。砕かるべき存在は凛として砕かねばならぬ。水腫世界に何の未練もあるものか。何の律呂もあるものか。自身が奴隷に堕すれば世界また流離なき惰弱空間に横滑る。次の言葉は更に私を奮い立たせた。

私は私の運命を知っている。いつの日か、私の名には、ある巨大なものに対する思い出が結びつけられるであろう、――かつて地上になかったほどの危機、もっとも深い良心の戦に対する思い出が。
私は人間ではない、ダイナマイトだ――
しかし以上すべてにもかかわらず、宗教の開祖じみたものは、私のうちにはない――もろもろの宗教は賤民の事柄なのだ。宗教的人間と接触したあとでは、私は手を洗うことをよぎなくされる。私は「信者」を欲しない。思うに私は私自身を信じるにさえ、あまりに意地悪だ。私は決して大衆には語らない……。

（ニーチェ「この人を見よ」）

私は人間ではない、ダイナマイトだ――ニーチェの呼吸は限りなく世界を酔わせる。最も深い良心の戦とはやはり遂行する以外にないものなのだ。危機は露出しており、しかも信者を決して必要としない戦のみがはじめて屹立の可能性をもつ。あらゆる出来合に鉄槌を加え、あらゆる予定調和の根拠を根こそぎ壊滅させることが栄光ある孤絶の戦と呼ばれる。ニーチェのような人間が嘗て存在した以上俺が俺の意志をもち続けるのもそう悪いことではない。私は当時そう考えていた。

　しかし、ニーチェに対する執着はここまでだったのである。それは一九三五年に「理性と実存」を著したヤスパースが、「百の鏡の間で／おまえは自分で自分がわからなくなる／自分の縄で自分の首を絞める／自己反省者よ！／自己虐待者よ！／二つの無の間で跼蹐（きょくせき）する／一つの疑問符」というニーチェの呟をその中で引用し、ニーチェやキルケゴールが進む道は超越的な支えなしには彼らにとって堪えられないような道である、と喝破したからではない。自己自身の実体が消失し自由な創造的な自己理解が自己自身の経験的な現存在の周囲をめぐる不自由な回転に換えられることがある、という事情ならもう既に了承ずみだ。私がなぜニーチェから遠くなったのか自分でもよくわからないのだが、それはおそらく次の文章と関係あるように思う。

　ルネッサンスが何であったか、人は結局、理解しているのであろうか、理解する気があるのであろうか？　それはキリスト教的価値の価値転換であったのだ。反対価値、高貴な価値を勝利に至らせようとして、あらゆる手段、あらゆる本能、あらゆる天才をあげてくわだてられた試みであったのだ……

　今日まで偉大な戦はこれしかなかった。これまでルネッサンスの問題提出以上に決定的な問題提出はなかった、――私の問題も、ルネッサンスのそれなのだ、――およそ攻撃の形式で、これ以上に根本的な、これ以上に真直ぐな、全線にわたって中心めがけて、これ以上に峻厳に行なわれた攻撃もなかった！

（ニーチェ「アンチクリスト」）

他人事だが、私はルネッサンスを偉大な戦などとは考えていない。高貴な価値を勝利に至らせようとしてあらゆる手段、本能、天才をあげてくわだてられた試み、などとは考えていない。ルネッサンスこそヨーロッパの愚鈍さを示す陽気なエアポケットだったと思っている。なんとなく日本浪曼派を想起させるニーチェのこの文章からは、不思議なことになんの迫力も底力も閃きも格調もまるで感じられないのだ。攻撃の形式が真直ぐであろうと峻厳であろうとそんなことはどうでもよいが、ルネッサンスに言及した部分の彼の文章、キリスト教的価値の価値転換どころの話ではないような気がしてならない。もちろん私はキリスト教的価値を擁護しているのと違う。定かではないにしても、それでは核心の核心とでもいうべきものは一体何であるのか。

この世界——始めなく終なき力の怪物。ただ変転するばかりなる力の量。力と力の波のたわむれとして一にして同時に多であり、ここに重畳すると同時にかしこで減退し、自己自身のうちに嵐のように潮のように殺到氾濫し、永遠に変化し、永遠に環流し、巨大な回帰の歳月をもち、形態作成の干潮と満潮をもった力の大海であり、どのような飽満も、倦怠も、疲労もしらぬ一生成として、自己を祝福する。——永遠の自己創造、永遠の自己破壊のこのディオニュソス的世界、二重の快楽をもつこの神秘世界……

（ニーチェ「権力意志」）

核心の核心とは、ある微妙な隔心のことをいうのかもしれない。ニーチェとの邂逅と離隔について触れようとする時、それが今から十二年も前の、しかも僅か半年たらずの出来事だったせいもあって、いかに呻吟続けてもなかなか言葉浮かんでこないのだ。ニーチェの魂が、私のこころ奪うかのように激しく近づいてきて、その実、いつのまにかシルス・マリアあたりの家に帰ってしまった、というふうにはいい得る。概念上の差異より、倍音がまったく共鳴しないと表現した方が正確だろう。始めなく終なく、永遠に変化環流し、ただ変転するばかりなる、巨大な回帰の歳月、などとそれこそ飛付きたくなるような語句は数多くあるのだけれど、おおわが同志よと肩抱く気分には終ぞなれない。強いられたニーチェが、「生！　生の凱歌！　あらゆる高い、美わしい、果敢な事物への偉大な肯定」と叫ぶ時、もし私なら臓腑軋むほど強いられたとてこうは叫ばぬ。私なら叫ぶかわりに透明な刃（やいば）もち、水腫の世界と自身とそしてありとあらゆる存在とを完膚なきまでに破壊し盡くす、静かで細い白い道をただただ歩いて行く。自分でも頰赤らむことよく書けたと思っているが、考えてみるに我彼の食違い想像以上に大きいのである。叫び方や破壊のイメージが違うだけではなく、なにかもっと根本的なところが食違っているのである。彼は、ああ永遠の自己創造永遠の自己破壊このディオニュソス的世界と語り、内部に生の最も深い本能、生命の未来に対するそして永遠性に対する本能が宗教的に感受されていることによって、ギリシャの象徴たるディオニュソス的祭典の象徴以上に高い象徴をいまだ知らない、と断じた。一方我にはオルペウス的ディオニュソス神などもとより存在せず、無理矢理あてはめれば、天地のはじめ即ち天地の終わり春光の四辺即ち雷鳴の嵐言語に絶する命の様式有機無機の壮絶なる乱舞、がギリシャ・ディオニュソス的世界に該当するのだろうが、いかに表面似ていようと異質なものをそのまま重ねあわす作為とは不潔きわまりなく、やはりそういった発想法は即刻断って捨てるべきだ。というのも、我彼二つを重ねあわす作為すら不可能なほど、一見似ているように見えたこの二つの姿勢全体像の隔たりは大きかったのである。決定的な支えというものが内部に存在せず、あらゆる意味において追放せられた例外者ニーチェ。偉大なる例外者ニーチェ。彼はゲーテが作りあげたギリシャ的概念を痛罵し、真正ギリシャ本能の根本事実とは「生への意志」、つまり「永遠の生命、生の永遠の回帰、過去において約束され浄められた未来、死と転変をこえて勝ち誇る生命肯定である」と語った。そしてここから、〈キリスト教は高さを有する者に対するいっさいの地に腹這える者らの暴動であり、賤しい者どもの福音は人を賤しくする〉、或は〈超人は大地の意義である。君たちの意志が、超人は大地の意義なり、と言わんことを！〉の息遣い出てくるわけだが、一言で表すればニーチェとは、殉教者でなく例外者の道を貫くことによって自己の使命果たした現存在、と言うことができる。けれども、過去において約束され浄められた未来、と語り得るような原イメージをこの私はまったく持ちあわせていないのだ。生命を新たにする自然の神秘を司る神、ディオニュソス神について考えてみたこともなければ、合一により霊魂の不滅にあずかろうと希う紀元前のギリシャに興味をいだいたこともなかった。私にはディオニュソス的世界と言って言えなくもないイメージは確かにあるが、どこを捜しても神などという概念は存在しない。だいたい霊魂の不滅にあずかろうと希う姿勢が既に自他論理なのだ。下卑た衰弱処世の論理たる自他論理なのだ。天地のはじめ即ち天地の終わり春光の四辺即ち雷鳴の嵐言語に絶する命の様式有機無機の壮絶なる乱舞、とは私にとって外部の風景ではなかった。決して外部の風景ではなかった。有機無機壮絶なる乱舞、若しくは有機無機静かなる乱舞、とは私自身であった。私そのものであった。世界は私の内にあり私は世界の内にある。私は存在を叫ばず存在が私を叫ぶ。強いられたニーチェ歌う生の凱歌は陸地放棄した戦闘的例外者の大いなる孤独。だが私は仮構としてのソクラテス以前のギリシャ精神もちあわせておらぬ。飛付きたくなるような語句除けばおそらく共通項なにもないのだろう。ニーチェの息遣いから自他論理、さらにはあの弁証法の臭いすら嗅いでしまうと言ったら言いすぎか。とにかく、ヨーロッパがこの例外者の魂を凝視すること通して踏止り得るか否か、という一般的興味以上のものを私は感じていないのである。問題は枯渇の予感。水腫としての均衡意志がそのまま済崩し的五感均衡を招く予感。鋭角鈍角鬩(せめ)ぎあう均衡意志は世界の摩滅だ。私という無機は腐蝕水腫たる世界を撃たねばならない。時が流れ愈々増えゆく乾いた襞(ひだ)を容赦なく殺(そ)ぎおとさねばならない。闘うべき相手は世界と自身の無数の襞。夢の記憶刻み込んだ無数の襞。悲鳴による虚妄の回帰など許されぬ。ただの現存在だけが重要なのだ。舞台がある以上、そしてそれが水腫舞台である以上、上(のぼ)

って踊り続けるより手がないわけだが、存在の本分は、死んでも踊り続けることにあり、舞台の果て、舞台そのものを破壊し盡くすことにある。
こうして私はニーチェから離れた。ニーチェは私を駆逐し、私もまたニーチェを放逐した。

人間存在にとって屹立とは可能かという問とその問に対する姿勢に関することをいま書いている。私は私にかかわる問題の責任を果たさねばならぬ。自身含めたあらゆる存在に対する礼節を守らねばならぬ。

たとえば、「西欧に圧伏せられた極東日本の、それも荒れさびれた関東のいなかの憂うつな青春」といった言い方を私は好きではない。朔太郎や金子光晴は好きだがこのいい方は好きではない。「西欧を圧伏し、歯牙にもかけない極東日本の、荒れさびれた関東のいなかであるが故に豊饒な、高貴な、そして鋭利な青春」というのなら何とか納得できる。以下、私の確固とした妄想を少しばかり述べてみよう。まず女だ。女は必ず新潟につくる。日本海からナホトカ経て遠く蒙古を望む新潟につくる。信濃川は穂高と蓼科を仮の源とし、望郷を歌いながらいつの日かアルタイ山脈に還るのだ。次は男。男はやはり関東でなければならぬ。それも、秩父、伊勢崎、桐生、結城といったあたりの男でなければならぬ。男は戦う。男は進撃する。国道十七号線を南下し東京占拠。台東江東墨田はまだ許せるとして世田谷渋谷目黒杉並の徹底破壊。東京湾からそのまま太平洋に抜け東進。全力疾走。上陸。アメリカ西海岸上陸。ロッキー越えて東部へ突入。目指すはニューヨーク、フィラデルフィア、ワシントンの完全制圧。女は男を見ない。太平洋を見ない。日本海を見ている。ところが、男は、アメリカ東部へ突入した男は常に女を想うのだ。軽薄ヨーロッパが生みだした腐敗の極であるアメリカ制圧しながら男は常に女の黒髪を想うのだ。これが私の妄想である。くだらぬ妄想だがさりとて、イノヴェーショーンがくるところまで来てしまったこの時代に、とか、ゲマインシャフトなきゲゼルシャフトの時代における革命とは、などという低水準の発言に耳を傾けることまるで必要ない。もし革命について語るのならイノヴェーション云々より先に、現在の日本が表面上の変化は別として江戸時代とたいして隔たっていない、という程度の認識は最低限もつべきなのだ。北関東の男が太平洋横断してアメリカに渡り三十年前の屈辱を晴らす、この妄想はイロニーと違う。ほぼ実感である。イロニーならまだしもこれが実感とは何と楽天的な、といった声が聞こえてきそうだが如何なる罵倒浴びようと心の事実なのだから仕方がない。私の父は「あの尾長がまた庭で鳴いている。俺もこれで終りなんだなあ」とかなんとか言いつつ五年前に死んだが、その父が戦争中フィリピンのセブ島で戦っていた時一人の友人が頭を撃抜れて戦死した。形見にもらった友人の飯盒を父は日本に持ち帰り、以後私の実家ではこの飯盒使って飯を炊いている。そして私は絶対に忘れぬ。父と友人の飯盒で炊いた飯の味を絶対に忘れぬ。

愚文のついでにもう少し書いてみよう。一度は書いておきたかったことをもう少しだけ書いてみよう。ドレッシングというものがある。私がごく最近覚えた言葉なのだがそれはどうやら調味料の一種であるらしい。嘗てこの種のもので私にとって最前線に位置していたのはマヨネーズという言葉であった。当然のことながら私はマヨネーズに敵愾心を燃やした。こんなものは人間が食べるものではない。口が歪むほど不味いし、だいたい他種族である鶏の雛を殺しておいてなにが調味料だ。私はマヨネーズを憎む。マヨネーズ食べる人の感性と人格を疑う。ところが、新たにドレッシングというものが登場してきたのである。もっとも知らぬは私ばかりでずいぶん以前からあったらしいのだが、このドレッシングには対する術を失ってしまった。マヨネーズには敵愾心燃やせるがドレッシング相手だとそうはいかない。つまり敵愾心燃やすにはあまりに相手との距離がありすぎるのだ。いまの私はドレッシング憎しよりドレッシング珍らしの方が強い。もちろん製品そのもののことではなく、ドレッシングという語感についてである。煩雑な一日が終わり床につくと私はすぐ蒲団にもぐって「ドレッシング」と私語く。だんだん声を大きくする。最後に「ドレッシング‼」と叫ぶ。そして「わあ――、わあ――、言っちゃった、言っちゃった、ドレッシングって言っちゃった」と興奮のあまり蒲団のなかで身悶えするのだ。おかげで最近まったく退屈しない。私はこの程度には所謂欧米から遠いのである。だから「イロニーならまだしもこれが実感とは何と馬鹿げた」と言われても返す言葉を知らぬ。北関東がドレッシングに圧伏せられても自身にとっての情況なに一つ変わりはせぬ。革命とは情況を窺い情況を撃つものでは決してない。やれ情況が先行してしまったのしまわないのと御託並べているようでは革命口にする資格なし。簡単に窺うことのできる情況、泡のように変化する情況などいくら撃ったところでたかがしれているではないか。革命とは不可変の究極を根源的に撃つことにあるのだ。しかし妄想はやはり潰さねばならない。特に確固とした妄想は紙一重の際疾さで潰さねばならない。そうしなければ極東日本を潰すどころかこっちが相手に潰されてしまう。実感の二重構造にもかかわる困難で微妙な問題だが極東日本の核心抉るためにはどうしても避けられない暗礁と言える。確固とした妄想は、自身にとっての情況なに一つ変わりはせぬという前述の確信と融合的に結びついて名状しがたいある種の海を形作るのだ。それなりの有効性もちまた至って泳ぎごこちの良い海。万有引力を無視し宙に浮いてしまった海。紙一重の際疾さはすべてのものに浮力与え漂泊存在にしてしまう。そして水腫日本の水腫剝ぎとり無重力に横滑らすことは最終的な意味をもたない。快感はあっても意味をもたない。快感は無意識のイロニーと同義語になり無傷のまま拡散する。泡のような情況に、括弧つきである不可変の究極といったものが寥々と浸透するわけだが、それはまた別稿で論じることにしよう。話が逸れてしまった。だいたい私は六十年代の彷徨を追っているはずであった。

永遠の瞬間、完結の必然が別の必然生むこと。自身の内なる世界と、世界の内なる自身とが悪意に向かって疾走を開始すること。これが私の六十年代だ。五十年代によって準備され、自身もまたどこかで培っていたであろう一つの意志。金縛り無限放下の絶対感覚に清冽なる鉄槌。このように書けば非常に恰好よいが、しかしその実は悪意でなく悪の萌芽の域を一歩も出ていなかったのである。悪の萌芽のとばくちをウロウロしていたのが実情である。底抜け美学では如何ともしがたくロゴスなきロゴス屋の自他論理からは臭気がただようばかり、というのはよいとしても、内部希薄になり希薄になった分だけ存在ギスギスしてくる予感、から、絶対感覚が私を撃つ前に私が絶対感覚を撃つ必然、に至る過程はそう簡単なものではなかったのだ。この過程が、とばくちに佇んでいたこの過程が私にとっての六十年代だ、と言ったほうが正確なのだろう。ニーチェと別れた私はそれと前後しておおかたのものから離れる。たとえば「ランボオが破壊したものは芸術の一形式ではなかった。芸術そのものであった。この無類の冒険の遂行が無類の芸術を創った。私は、彼の邪悪な天才が芸術を冒瀆したと言うまい。彼の生涯を聖化した彼の苦悩は、恐らく独特の形式で芸術を聖化したのである」と書いた小林秀雄からも離れた。私は小林を比類まれな鋭い感性などと決して思わない。それなりに筋金のはいった蒟蒻みたいな感性だと思う。自身の内なる世界、世界の内なる自身だけが問題なのだ。私は無いと信じているが、もし他の存在、他の魂といったものが有るのだったら、九回表裏の攻防終わり暇になってから冥土で会い心ゆくまで魂同志をスパークさせればよいではないか。筋金入りの高級蒟蒻はどうも食うことできぬ。さて、おおかたのものから離れた私に、突然、音もなく忍びよってきたものがあった。そして、それこそがマルクス主義と呼ばれるイデアだったのである。

ディアログとはよくいったものだ。二者の対立と統一がディアログのどうしようもない運命だからである。他者を認めねば我が立たず、だからといって我は我であろうとする限りにおいて他者を排除するといった在りようがディアログを成立せしめている基本的条件である。だから我たろうとして我を主張しあう両者は排除の果ての一点でコムプロマイズせねばならぬし、このコムプロミスの次元から新たな排除がはじまるということになる。

それは全く果てしれぬ動きをしている厄介な関係だが、そこからのがれることは出来ぬ。のがれることは動きをやめ、存在をやめることを意味するからである。対立しつつも運動し統一するのは、存在が至上だからであろう。ディアログの世界はきびしくあさましいものであり、それは壮烈な劇を本質としているといっていい。そこに契約が――否定し排除しつつしかもなお調和しているというところに生まれる契約関係――がある。排除からコムプロミスへ、コムプロミスから新たな排除へというふしめむすび目をひとはアウフヘーブングという。

（内村剛介「反ディアログ・〝反近代〟」・〈伝統と現代〉第二十号）

私は、西洋的なる知性を経て日本的なものの探求に帰って来た、のでは決してない。西洋的教育は受けてきたが西洋的なる知性を潜（くぐ）ってはいぬ。また潜る気もない。自分なりにある程度は理解できないこともない、というだけの話だ。だから、日本的なものへの回帰、或は、よるべなき魂の悲しい漂泊者の歌、等々のいい様に距離こそ感じても親近感いだくことはない。一種の強がりみたいに聞こえそうだし、また馬鹿頓馬とあちこちから嘲笑されるような気もするけれど、なんと言われようとこれは事実なのである。もっとも、自分の脇の下をくすぐって一人で猿のように日本主義を騒いでいる、という名文句もあるくらいだからあまり事実事実と騒ぎたくはないのだが。西洋について、ディアログの世界はきびしくあさましいもの、と言ったのは内村剛介。存在は至上であり、存在やめることを意味する、運動そのものからの逃亡は、如何なる場合にも許されておらず、運動そのものの本質は壮烈な劇といってよく、そこに生まれる契約関係のふしめむすび目をひとはアウフヘーブングという、と流れる内村としては割合に他人行儀な文章書いているが、その中で彼は、わたしたち日本人の在りようはヘレニズムの系列の外であるということを抽出しておけば足りるのである、とも述べている。私は、内村がたいして力込めて書いたとは思えぬこの文章、興味深く読ませてもらったのだが、直截に言って、西洋的発展とはなんとまあ下品なものか、との感があらためて強まるのを禦げなかった。我たろうとして我を主張しあう両者は排除の果ての一点でコムプロマイズせねばならぬ、ということできる向こうの世界の運動には心ふるわす高貴の欠片もないではないか。なにが我だ。なにが他者だ。なにが排除だ。二者の対立と統一だって？　笑わせないでほしい。それは甘えだよ。他者に対する甘えだよ。関係に対する甘えだよ。とりわけ自身に対するだらしない甘えだよ。存在が至上だと私は一向に思わぬが、だいたい存在やめること恐れていてなんで存在に勝てるのだ。恐れからは技術しか生まれない。一見きびしそうに見えてその実まるで減張（めりばり）はないのが向こうの世界の運動。本質は壮烈な劇でなくたかだか学芸会の児童劇。

このくらいでヘレニズム系列に対するそれこそ下品な悪口はやめるが、では私の内にどうしてマルクス主義と呼ばれる極めて西洋的なイデアがはいりこんでしまったのか。これは難しい問題である。書き表すこと非常に難しい問題である。誤解の生ずるを覚悟しなければとても書けない。そこには様々な要素が入りくんでいるのだが、無意識の部分をも含めておそらく次のところに核心があるのではないかと思う。存在感薄い奇妙な幼児。見事なまでに完結していた五十年代。暗転。自身を擁みまた自身に擁まれる世界そのものに対する破壊の意志。水腫存在が軋みながら自身に強いた業。六十年代。悪の萌芽としての六十年代。困難。呼吸整えるとは絶対的な隔たり故の負債。堅き意志宙に浮き隔たり故の負債は自身を縛る。思わず恍惚を叫んでしまうような呪縛。隔たりは想念にフォルティッシモ与えるのだ。フォルティッシモ与えられた想念は忽ち妄想と化す。そして妄想では存在に勝てない。妄想にのめり込まぬ、つまりフォルティッシモなんぞに誤魔化されぬ戦の様はないものか。ここで私は一歩後退してしまったのである。無意識のうちに心象移動してしまったのである。フォルティッシモに誤魔化されるのが嫌ならこちらで逆にフォルティッシモを誤魔化せばよい。そのためには隔たりの距離を変えることだ。絶対的な隔たりを無限にまで拡げることだ。呼吸整える必要などなくなるまで拡げることだ。そうすれば恍惚叫ぶ呪縛の、彼岸への移動が可能になる。無限にまで拡げた隔たりは、拡げたが故に隣人となる。彼岸の隣人。自身そのものである隣人の彼岸的存在。Aが動かねばBを動かし、そこにC的要素を加えるという、自身と世界の、水腫存在の内での調整作業。Aが動かぬ時Bを無限に遠く動かせばA逆に冷たく鮮やかに屹立し、よってBはAに溺れることなくいつの日か必ずAを完璧に粉砕でき得る。けれどもこれはやはり後退であった。無意識とはいえ後退であった。フォルティッシモに誤魔化されぬだけで精一杯、という意味で後退であった。下手をすると日本人の鼎立指向とか言われて罵倒の一つも浴びそうだが、しかしその類の批判は絶対に許さぬ。だいたい私自身は鼎立指向ではないし、また鼎立指向といったものをとりわけ悪いとも思っていない。水腫存在の内での調整作業は、そんじょそこらに転がっているような調整とはわけが違うのだ。生きるか死ぬかの瀬戸際勝負なのである。だから調整という形容が間違っていると言ってよい。三文にもならないその時の下卑た都合によってどうにでも調整できるやわな屁理屈ピーピーくっちゃべっているような輩に批判などされてたまるものか。さて、私にとって悪意であるはずだった六十年代が、いつのまにか悪の萌芽になりそして後退にまでなってしまった。悪意であるが故の後退と言うべきかもしれないがこの後退はつい最近まで続くことになる。マルクス主義の存在が、ドイツ思弁哲学のある意味での頂点としてのイデアの存在が、〃かかる程に宵うち過ぎてこの時ばかりに家のあたり昼の明さにも過ぎて光りわたり〃の「かぐや姫昇天」、或は天照大神須佐之男命の物語、さらにはそのもっと古(いにしえ)までもを逆説的に、しかも冷たく鮮やかに屹立させてくれたのは事実であるが、だからといって私は、このようなイメージにすんなり頷くわけにはいかないのだ。

（1975年7月「遠い意志」創刊号）

遠い意志（二）

人間存在にとって屹立とは可能かという問と、その問に対する姿勢に関することを書いている。人間存在にとって屹立とは可能か、という問は、考えてみれば、実にグロテスクで不自然なものだけれど、そのグロテスクと不自然さに私自身がひきずりまわされているとしたら、やはり私は私の『方法序説』をいつの日にか創らねばなるまい。方法序説という四文字に、限りない憎悪と侮蔑を胸深く抱いているとしても、だ。

泣くことの不潔さは風の軋みより啓示される。泣くとは自他の論理であり、自他の論理とは下卑た嬌声。自身が世界喰えば世界もまた自身を喰う。世界も夢見るということは識らねばならぬ。そして、存在、あるいは存在様式にかかわる意匠など、いかに力強く且つ精巧にできていようとも、ただ愚鈍の一言に尽きるのだ。

けれども、いま問題なのはそのことではない。いま問題なのは意志である。世界の存在が軋みながら自身に強いたところの破壊の意志である。自身を擁みまた自身に擁まれる世界そのものに対する破壊の意志である。内なる世界と内なる自身とは悪意に向かって疾走を開始せねばならなかった。膨張する存在が別の存在生みだそうとすること、それはおそらく次のことにかかわっている。

在原業平　伊勢物語四段の歌。

月やあらぬ春や昔の春ならぬ
わが身ひとつはもとの身にして

この歌はよく理解できる。いや理解できそうな気がする。時間を排除していかようにも我田引水できる歌だ。国文学上の解釈には「や」を疑問とするか反語とするかで疑問説反語説の二説あるらしい。疑問説は「月は昔の月ではないのだろうか、梅の花は昔のままの花ではないのだろうか、月も梅の花も昔とはまったく違っているようにみえる、わが身だけはもとの身であって、月や梅の花が変わってみえるのは、あの人がここにいないからなのだ」となり、反語説は「月は昔の月ではないのだろうか、梅の花は昔のままの花ではないのだろうか、いや、月も梅の花も昔のままである、わが身だけはもとの身でありながら、あの人に会えないで悲しい身の上になってしまった」となる。そして疑問説の方が有力と聞く。確かに、国文学上は疑問説の方がよいのかもしれぬ。反語説では、不変の自然と変貌した人間との対照　となりある種の小賢しさすら感じさせてしまう。これを業平歌の典型、つまり「心余りて詞たらず」とみれば疑問説をとるしかあるまい。内容を重層的にとらえ、「や」という係助詞を疑問から反語もしくは否定への流動と考えれば完璧といえる。反語説はあまりにも安易なパターン指向に陥っているのだ。

しかし、矛盾することを書くようだが、本当に反語説に意味はないのであろうか。安易なパターン指向以外のなにものでもないのであろうか。私が、この歌は理解できそうな気がする、と言ったのは、実は疑問説でなく反語説に則ってであった。もちろん、文法的にどうのこうのではなく、最初にこの歌をみた時、反語説的な解釈をしてしまったということである。その我流解釈は、幾許かの古典知識を得た現在でも変わっていない。安易なパターン指向が三流、それも救いようない三流なのは当然としても、引裂かれようとする魂が軋みながら強いるパターン志向を私は二流三流と呼ぶことはできない。この歌は、素朴な悲嘆の歌、では断じてないのだ。おそろしく近代的な歌である。なによりも隔りということを識ってしまった人間の歌である。「や」は反語であり、「わが身ひとつはもとの身にして」のあとには「もとの身にあらず」のイメージを補う。わが身だけはもとの身でありながらあの人に会えない悲しい身の上になってしまった。あの人、とはすべての自然の総称。または事物そのもの。隔り無限射程二億四千万年の孤独、というのはこのことだ。「月やあらぬ――」全体を流れるトーンは鈍でなく鋭。時空超えた幻花の世界。同じ業平歌でも、たとえば

起きもせず寝もせで夜を明かしては
春のものとてながめ暮らしつ

などとは根本からして違うのである。この歌の鬱屈を私は好きでない。「ながめ」を「長雨」と「眺め」にした掛け詞も嫌だし、だいたいこの種の鬱屈では、春そのものに一矢むくいることとても不可能だろう。いい齢をした男が夜を悩み昼ぼんやりしているなんて許せない　雨が降っているならパチンコでもやればいいじゃないか、とさえ思う。けれども、その筋では、「月やあらぬ――」より「起きもせず――」のほうが評価高いのだ。その筋とは多くの場合歴史検証だから一応無関係として、それではこの感受性に関る問題の原因はどこにあるのか。こちら側かそれとも業平側か。問うまでもなくやはり原因はこちら側にある。同じ業平歌が鋭になったり鈍になったりする原因は疑いなくこちら側にある。古今集そのものと、私の内なる古今集との微妙なズレ、隔りの隔りとでもいうべきことを隠すわけにはいくまい。

私は以前、保田與重郎の次の文章に魅かれたことがある。

私は女史の多くを知るのではない。ただその一巻の文集をよんだにすぎず、しかも私がここに、明治先覚者の一人として、多くの女性のなかから選び出して女史を語るのは、女史のもっていた行為への勇気と決意の実践が、つねにわが日本女性の美しい心ばえの伴奏であったという事実を知ったからである。その愛情が、そのままにヒュマニズムとして、又国家の理想と合致していたのである。己の思いをかくして行動した女丈夫でなく、己の思いに自然に泣き、悲しみ、しかもそのままに崇高な心情で行為した女性であった。その文章にも、やさしい日本の女性の心が、どんな行為に附随した身振りも宣伝も伴わずに自然に描かれている。何といおうか、それはある命日を立ててなされたような行為ではなかったのである。最も立派で勇気のあることが、淡々と極めて自然に、そうしてやさしいさまで行われた。

（「河原操子」）

日本女性の美しい心とか国家の理想とかはこの際関係ない。ここではそういった類（たぐい）のまやかしを撃つために引用したのではない。

保田のもののなかでもかなり質が落ちると思われるこの「河原操子」という文章に私が魅かれたのは、〝最も立派で勇気のあることが、淡々と極めて自然に、そうしてやさしいさまで行われた〟の一行。あるいはその一行のたたずまい。行為、決意、実践、愛情、悲しみ、崇高、といった言葉がすべてここに流れこむのである。「行為への勇気と決意の実践」が、「命日を立ててなされたような行為ではない」というフィルター通って、「淡々と極めて自然でやさしいさま」に流れこむのである。詐欺といえばたしかに詐欺なのだが、それならなぜ嘗て私の心は揺さぶられたのか。私がおっちょこちょいの馬鹿だからか。それもあろう。しかしそれだけではあるまい。そうでないと私も保田も救われない。勇気あることを極めて自然に、そしてなによりも静かにやさしく、というのを私は一義的に好きだ。だが保田の文章には一義的も二義的もないのである。むしろ、なにもない、と言ったほうが良くも悪くも的確なのかもしれぬ。だから引用文章最後の一行のたたずまいは複雑怪奇この上ない。爛熟した無限放下の絶対感覚。やさしさとはもちろん今風のネジ緩んだやさしさではなく、荒屋（あばらや）でありながら生唾飲みこむ艶の静けさもち、二重のイロニーに歪んでいながらまったく歪んでいないようにも見える自然性を備えているのだ。自然性。艶の静けさもつ隔りの自然性。私の心を揺さぶったものは、一義的なイメージのほかに、一義も二義もないこの得も言われぬたたずまいそのものであるに違いない。「現代日本思想大系」の月報（一九六五・二）に保田は「死んでもよい」ということについての短文を書いている。「死ぬがよい・死んだらよい・死ねばよい」と「死んでもよい」とは我国の「歌」が成り立つか成り立たぬかに関るほど本質的に違う——と述べ、「死んでもよい」とはまことの「歌」からうける窮極の感動でありこの感動は民族的なものがもとであってしかも単純に国際性が保有されている——と断じ、その心を、「前者の三つは軽薄の方今ニヒリズムに通じる無であり死であるが、「死んでもよい」は春光の四辺、さながら天地の始めにいると思わせ、わが魂が天地に充満したような、生そのものの状態である。生の原始状態の自覚である。人がその中にあるという状態である。この永遠の若さが、日本民族の本体であり、日本文学の成立する根源のところである」とそれこそ妙にのびのびと書いているわけだが、実はこのあたりに保田の、限りなく幼児の自然の摂理に近づいた、ある強いられた絶対感覚の形があるのではなかろうか。私が嘗て保田の一行に魅かれたのは、やはり私の内にすでに生理となった隔りがあるからなのだ。それを隠すつもりは毛頭ない。隔りってなんだろう、事物事象と言葉の分離ってなんだろう、などと逆構えに構えてしまうのは私にとって致命的である。嫌な言い方だが方法論的に致命傷なのではなく、静かにやさしくというふうなたたずまいの激情と「死んでもよい」という感動において私のほうが当の保田より良くも悪くもナチュラルだ、との想いが強くあるだけ本質的に致命傷なのである。そして、そのことについて、私にはこれ以上書くことできない。変な話だが、自分でどうにも収拾がつかなくなってしまうのだ。「ナチュラルならナチュラルでいいじゃないか、気取る必要なんかどこにもありはしない」という内部の声が、「そんなだらしないことでどうする、歩行器つけたその醜悪な姿はなんだ」と責めるもう一方の自身の声にたじろぎ、「私の内にはすでに生理となった隔りがあり、それを隠すつもりは毛頭ない」という内部の声は、「いつから隔りなどという邪悪な言葉を覚えたのか、節操なき認識の側への横ぶれは断じて許さぬ」と怒るやはりもう一方の自身の声にさいなまれる。ナチュラルは腰までつかる泥田の危機であり隔りは小賢しさに我身売渡す危機。ナチュラルは怠惰な吟詠を生み隔りは下卑たスタンドプレーを生む。引き裂かれようとする魂がどうしたこうしたと騒ぐでもなく、身動きできないとうずくまるでもなく、ましてや収拾がつかなくなったと不貞腐れるでもなく、と数えていくといったい何が残るのであろうか。バランスごっこ危機一髪のボールもたない綱渡りか。それとも方法論憎悪しつつ万感の思いをこめてつくりあげる日本型疑似方法論か。しかしバランスごっこの多くは本人の意図離れて心の処生としての充足すら招き、日本型疑似方法論の多くは最初から笊(ざる)で水すくう無様(ぶざま)な体(てい)を示してしまうのだ。

収拾つかなくなってもよい。話をもとに戻そう。事物事象と言葉の分離など想像だにできない、と構える逆構えは私にとってナチュラルであるが故に致命的である。そして、隠すつもりない生理となった隔りは、隔りの隔りであるが故にやはり致命的である。さらに逆構えと隔りの隔りが密かに通謀でもしていたら（だいたいそうなるのだろうけれど）それはもう再起不能の致命傷である。恐ろしいことにこの致命傷は絶望を用意しない。絶望の代わりに快感を用意する。言葉悪いが限りない快感を用意する。むろん保田の爛熟した無限放下とは違う。彼のもつ妙なのびやかさは彼だけのものだ。致命傷の用意する快感では保田を撃つことできない。保田を撃つことできないということは彼の次の文章、〝私の往年の文章は多くの若者を死なせたのであろうか。それは私が死なせたのでなく、本当の「日本文学」が死んでも**よい**という永遠の、生命の、天地開闢に、彼らの心をひらいたのである。それは大東亜の開闢のこころである。〟さえも本質的には撃てないということだ。保田與重郎という存在は、いや保田與重郎という仮象に住憑いた魂の存在は、その奇妙なのびやかさは、惑うことなくいつか徹底的に潰さねばならぬ。大切なことは徹底的な解釈咀嚼撃破でなく徹底的な撃滅。解釈咀嚼にまるで意味なく撃破したとて不充分。保田に住憑いた魂は撃破されたくらいでたじろぎはしない。むしろ撃破を養分にして細く、さらに細く、鋭く、ぎこちなく、のびやかに、そしてどす黒く透明になっていく。所謂保田論など無用であり、仮象に住憑く魂の形態こそが問題なのだ。ならばこの魂の形態、形態などというちゃちな熟語が赤面する魂の姿をいかにして潰すというのか。ナチュラルに徹すれば、名詞としてのナチュラルには〝生来の白痴〟という意味もあるくらいだから、致命傷通りこしてひょっとしたらの可能性――あるかもしれないが、逆構えと隔りの隔りによる通謀が招いた苦しい快感ではどうにも太刀打できない。後述したいが、保田と三島由紀夫とはまったく違う。これはもう前提である。極端に言えば、似ても似つかぬという連語はこのために存在する、と言って言いすぎではない。そして似ても似つかぬ風景全体のポイントが古今和歌集二十巻千百余首。仮象に住憑く魂をいかに潰すか、と自問してグズグズし、なかなか自答出てこないのはもちろん古今集のためでなく、実は私の私自身に対する削り方が不足しているからなのだ。削り方、というのを鍛え方、あるいは努力、などの不潔な言葉に置換えられて読まれると非常に困るのだが、保田の感性二流との断定も、自身削ること自身削り抜くことなくしてはまるで意味のない戯言になってしまう。潰さるべき魂が、「自他論理といったようなものが雲散霧消する状態こそ最高至上の感動である」と半ば虚無的に歌い、潰す側としての私が「泣くとは自他の論理であり、自他の論理とは弱者の下卑た嬌声である」と半ばヒステリックに叫んでいてはそれこそ天下太平ではないか。問題なのは我が身をどこまでも削り抜くということ。光波より速く自身を刻み削り殺ぎ落とし、虚空より拡くガラスの撓(しな)やかさもつ極細の刃(やいば)で時空的存在つまり実在の脆弱を切らねばならぬ。自問に対する臓腑凍りつく自答はこの内にしかない。自身の絶対感覚破壊の意志を、それは認識のなさしめた技とは違うとする苦しい狭間の内に、あるとしたら屹立が、そびえ立つなどという軽薄なイメージの屹立でなく、発光体としての屹立の可能性があるのだろう。絶対感覚が私を撃ち世界と存在が際限なき水腫となる前に私は絶対感覚そのものを撃つ。そして自身の絶対感覚は認識によって破壊することはできない。認識によってでなく、自らを殺ぎ落としつつ絶対感覚の先を駆け続けることによってはじめて破壊することできるのだ。絶対感覚の先を走るとはもちろん逃げにあらず、絶対のほうがあわてて仮象としての私を追いかけるという意味で極めて攻撃的な疾走である。己れが必然を盗まれた絶対感覚、立つ瀬なくなった絶対は仮象に対して無力となり、そのフォルムだけ遺して死滅する（逆に言えばそれ故フォルムということがこの上なく大切なのだ）。苦しい狭間の遠い意志は踊らねばならぬ。時空の脆弱に踊り続けなければならぬ。それこそが、その舞踏こそが、あらゆる可能性の始原であり、すべての行為の出発点たり得るのだ。

古今和歌集の優美流麗には注意を要する。この優美を単に女性的などと受けとったらもうおしまいだろう。男性的とか女性的とかいうイメージをはるかに超えて、古今和歌集こそは、千年以上にわたる日本の黙示録だったのである。「貫之は下手な歌よみにて、古今集はくだらぬ集に有之候」と断じた正岡子規「歌よみに与ふる書」の言葉は、聞いて愉快な一つのエピソードにすぎない。この歌集は「理知的」どころか「ロゴス」そのものなのだ。ロゴスなんぞという下品な言葉を使って私自身ひどく気色悪いが、もちろん古今和歌集の「ロゴス」はさかしらとはまるで違う。弱々しく世界を撫でまわしているように見えながらその実いつでも世界と取って代われる透徹の極みの綜合性と、宇宙の摂理すら影薄い見事なまでに完璧な法則意志をこの歌集はもっている。これも後で触れてみたいが、さかしらとは、例えば吉田兼好「徒然草」のようなものをいうのだ。〝日本古典文学の中で最も思想性の豊かな作品〟という巷の評価は、駄文の集成たる徒然草の本質に見合っていて面白い。さて、そのさかしらではない古今和歌集の「ロゴス」だが、これは、完璧な法則意志、しかも徹底的に無個性な法則意志、と書き表わすよりほか仕方がないと思う。

わがせこが衣春雨降るごとに
野辺のみどりぞ色まさりける（春・二五）

春雨が降るたびに緑が濃くなってくる、というしごく単純な意味の歌である。「わがせこが衣」までが「春」をもってくるための序詞。「わがせこ」はこの場合「私の夫」で、私の夫の衣を張る（洗い張り）と春雨とが懸詞になっている。しかし、この歌は、単純なことを技巧的に歌ったという意味では決して単純でない。草木の緑は春雨が降るたびに濃くなるものだという新発見を主とした歌、とする本も多いようだがこれは違う。新発見するようなことがらでもないだろうし、だいたい、新発見とか独創的とかいう類の言葉は、古今和歌集の精神から見て最も軽蔑すべきものなのだ。春雨が草木染め、野の緑が深くなってゆくという情景を、妻が夫の春着の手入れしている、の意味の序詞とともにやさしいふんいきで表現しており、春の喜びがいきいきと感じられる――。このような評釈もやはりよくない。詩精神のかけらもない蛇足が多すぎる。貫之は春の喜びなどまるで感じていない。生気にみちた感受性、とかいうものを鮮やかにどぶ川へ投捨てたのが貫之その人である。序詞、妻が夫の春着の手入れをしている、には、やさしいとかやさしくないとかいう人間的な意味全然ない。人間的な意味付けを殺すことが古今和歌集の掟ですらある。加えて言えば、自然を歌うために日常生活を引出しおそらくは貴族や女官たちでない女性の立場にたって詠んだ序詞、という言い方も間違っている。わがせこ＝私の夫、なのは、貫之が、わ＝我＝私、ということに命がけで執着し続けたその結果である。奇をてらう、あるいは、新傾向、のような語彙には決してはいらない。わがせこ＝私の妻、と解す説もあるようだが、それでは語釈としてもおかしいし、なによりも貫之の精神、わ＝我＝私、を驚くべき理性と勇気で葬り去ろうとした彼の精神に対して愚鈍すぎる。そして、この際あまり関係ないことだが、あの「土佐日記」こそは、わ＝我＝私、をロゴスとして完璧に潰した貫之の、皮肉なことに極めて人間的な風化、骨組だけの残骸なのである。その残骸が、仮名文を書くための偽装、日記文学の創造、老熟して枯淡の趣、などのキャッチフレーズとともに日本文学史に残る栄光につつまれるのだから文学史とは面白いものだ。「野辺のみどりぞ色まさりける」の「ける」は詠嘆の助動詞。新発見を主とした歌、との評釈もこの辺から出たのだろうが、もし新発見という言葉を敢て使うならば以下のように使ったほうがよい。年ごとに一応は巡ってくると想像される、春雨が草木染め野の緑が深くなってゆくという不確かな情景を、ひとつの表象として貫之は歌っている、つまり、春の喜びをいきいきと感じようが感じまいがそんなことは問題でなく、全力をもってする新発見という姿勢のパターン、それも徹頭徹尾無個性なパターン意志、主語消した法則意志でもって時空を再編成しようとする歌なのだこれは。四つの格助詞「が」「が」「に」「の」に続く「ぞ——ける」の結びは断じて単なる詠嘆ではない。連体形「ける」が、しかも「ぞ」によって連体形にされてしまった「ける」が、にもかかわらず「事」や「時」に連なることできないのは悲惨ですらある。時空再編成しようとするのはもちろんこの歌ばかりではない。古今和歌集二十巻千百余首のすべてがそうだ

と言い得る。同じく貫之の歌

人はいさ心も知らずふるさとは

花ぞ昔の香ににほひける（春・四二）

人間のほうは（心変わりしやすいものだから）さあどうだろうか本当の心はわからない（それに対して）昔なじみのこの里では花が昔のままの香で美しく咲き匂っていることですよ――の意味。有名すぎるほど有名な歌だが、詞書にあるようにこれは尋ねていった家の主人の皮肉っぽい言葉に対しての返答である。「そこに立てりける梅の花を折りてよめる」だから解釈としてはこのままでよいのだけれど、皮肉に対して皮肉で答えた歌、信じられない人の心と信じることできる花の香、というふうにのっぺり評釈するのはやはりまずいと思うのだ。折ってしまった梅は既に本の梅ではない。それが匂っていようがいまいが、昔のままの香であろうがあるまいが、そんなことに関係なく貫之は「花ぞ昔の香ににほひける」と歌わねばならぬ。それも、花（だけ）が昔のままの香で（きちんと）匂っていること（は確かなこと）ですよ　とこの上なく強い確かな調子で歌わねばならぬ。「ぞ――ける」の内的構造は、ここでもほとんど同じなのだ。人間は花にも劣るのではなかろうか――ではない。人間不信の貫之が、人の代わりに花を信じていたとしたならば、それこそ二流三流の歌すら歌えぬはずではないか。という言い方もややこじつけに近いのだが、とにかく、人間不信の彼をしてさらにふるさと（自然あるいは自然性）など人間以上に信じることできないという魂の軋みが、最初から存在してしまっていた、そういう古今の古今たる所以は知っておいてよい。魂の軋みは最初から存在してしまっていたのだ。

例の、花の色はうつりにけりな——のトーンは象徴的である。さらに、あの在原業平が、陸奥の八十島で小野小町の野ざらし（しゃれこうべ）と対面するシーンは、話があまりにも完璧にできすぎていて、象徴的という言葉すら出てこない。

さつき待つ花たちばなの香をかげば
昔の人の袖の香ぞする（夏・一三九）

くどいとは思うが、詠み人知らずの歌を借りてもう一度だけ繰返す。伊勢物語の六十段はこの歌をもとにして構成されており、かなり強引なところが目立つ構成とはいえ、それに従って、(1)仕事もつ男と家庭生きがいの女とのすれちがい、(2)二人は別れ女はある国の勅使接待役の役人の妻になる、(3)男は出世し勅使となりたまたまもとの女と逢う、(4)女が盃を出したとき男は酒の肴の橘を取って情感溢れる歌を詠む、(5)女も昔を思い出して己れを恥じ尼になって山へこもる——の前後関係を考慮に入れて伊勢的に解釈すると、五月がくるのを待ちかねて咲く橘の花の香をかぐと昔恋しく思った人の袖にたきしめてあった香が思い出されてたまらなく懐かしい——となり、出家した女のことまでもが背後の情景になる。いま歌物語そのものに関してはどうでもよく、繰り返して言うべきは、畢竟「ぞ・する」の古今構造のみ。昔なじみの人、あの人の袖の香がするかしないかなど実はとるにたらないことなのである。実は、というより実にとるにたらないこと、本当に枝葉末節なのである。花たちばなの香をかげば——とあるがこれも香をかぐ素振りのほうがむしろ大切だ。香をかぐ素振りをして、香が匂おうが匂うまいが（あるいは匂わないからこそ）、係助詞「ぞ」＋サ変連体形「する」の悲惨にして高貴、秩序にして反世界そのものの調子で歌い切り、また出家した女も、己れを恥じる恥じないにまったく無関係な、ひとつのパターンとしての出家であるという、まさにその事訳が、何度も言うように古今の古今たる所以なのだ。そもそも、

年の内に春は来にけりひととせを
こぞとや言はむことしとや言はむ（春・一）

という歌、子規なら当然「しゃれにもならぬつまらぬ歌」と悪態の一つもついてみたくなるような歌で古今和歌集は始まるのである。誤解を恐れずに言えば、次のようには言い得るかもしれない。松尾和子の歌で、

抱きしめたのはあなたで／許したのはわたし／
誰もわるいんじゃない／夜が夜がわるいのよ／
（「夜がわるい」）

というのがあった。抱きしめたのがあなたでなくわたしで、抱きしめられたのがわたしでなくあなたでもそこのところはどちらでもかまわぬが、要するに、抱きあうというその行為を、夜ではなく昼間、それも午後一時か二時の真昼間に太陽の下(もと)で行ったとする。その時、真昼間であるにもかかわらず、

……誰もわるいんじゃない／夜が夜がわるいのよ

と極めて自然に、自然すぎるほど自然に、戯言を言っている意識など毛頭なく、はっきりと

真摯に言い切れる精神があるとしたら、それは古今の精神にかなり近いのではなかろうか。悪い喩だからずいぶん子供っぽい古今精神になってしまったけれど、神をも恐れず宇宙の摂理をも凌駕する透明な法則意志と言葉を変えると話は少し違ってくる。年のうちに云々の歌、業平の孫が歌ったとされるこの歌、これは万葉集になかった新傾向の歌でも着想の奇抜さで売っている歌でもない。すぐ後に続く貫之の歌と原理はそっくり同じである。

袖ひぢてむすびし水の凍れるを
春立つけふの風や解くらむ（春・二）

ポイントは「袖ひぢて」にあるが、この「ひづ」は四段か上二段の〈どちらかは断定できない〉連用形、故に他動詞でなく自動詞、故に「袖ひぢて＝袖をぬらして」という語釈は成立たず、「袖ひぢて＝袖がぬれて」でなくてはならぬ。「袖をぬらしてすくった水」は間違いで、正しくは「袖がぬれてすくった水」。現代語との対比で苦しくなって「袖がぬれるという有様ですくった水」とかなんとかつじつま合わせて解釈している本が多いようだが、自動詞と他動詞には厳然たる差異があるのだ。「袖がぬれて」と「袖をぬらして」とではその精神の究極において大きなズレをもつ。もちろん古今和歌集の精神に参ずるのは自動詞「袖がぬれて」。そして、この自動詞「袖がぬれて」の精神を全体として体現しているのが、年のうちに云々の歌なのである。春・一および春・二を貫く原理とはこのことを言う。しかし、そうは言っても、袖ひぢて云々の貫之歌はともかく、年の内云々の方はどうしてもいただけない、どんな理屈くっつけてもダメな歌はダメなのではないか、理屈がそのうち屁理屈となり、（年のうちに云々の歌にそういう形で執着しているうちに）逆に已れが意味ない袋小路の虜となってしまう危険がある、というふうな感受性を、年のうちに云々の歌に関してもっている人は随分多いのではないかと思うのだ。あまり大きな声では言えないが、実は、私自身も密かにそう思っているのである。年の内に云々はどう見たってダメな歌だ。作者が業平の孫であろうとなかろうとこれはとにかくダメな歌だ。子規ならずとも悪態をつきたくなるのは当然だ。こんな、寝床で半開きの眼（まなこ）のままミカンでも食ってそのついでに歌ったような歌が、なぜ古今の冒頭を飾らねばならないのか。こういう類の言葉ならいまいくらでも出てくる。けれども、その自身に辛うじて歯止をかけるもの、それは「筋」としか呼べないものだが、私はそのことが言いたいのだ。実は私自身も密かにそう思っているのである、などというフレーズは文章でも会話でも使わぬにこしたことない下卑た言廻しだが（密かにそう思っていたのである、となるともう完全に下卑きった救いようのない言廻しだ）、では密かに思っていることを大きな声で言わせない歯止としての「筋」とはいったい自身のどの部分から発生するのだろう。そしてどのようにして自身そのものに歯止かけるのだろう。考えてみれば「筋」というものは常に「卑劣」の危険にさらされている。それは、「筋」からあたかも自由で目眩（めくるめ）く行動しているように見える人間が決して「卑劣」の危険にさらされていないわけではない――というより「卑劣の海」を故知らずして泳いでいるといったほうがむしろ近い――ということとほとんど同義である。ベクトルとしての、「筋」およびその逆（「筋」から自由になろうとする意志）の二つを極めて悪意に想定してみた場合、前者は、内部より出てであるいは錯覚として内部より出たように思えてあるいは瀕死の作為を因とし内部より出づるようなポーズとって、それぞれが時空にあいまみえる。そして、自身から出た「筋」は自身を律し続け、その果てに、「筋」に侵されきるor「筋」を（が）飼いならしあるいは中途で方向まるで狂いそれ以後ふらふらよたよたし、あるいは瀕死の「筋」が瀕死の作為と釣合って奇妙なバランス保つor「筋」がある種の言葉を手に入れて自走し（世間でなく世界に激突）、となる。後者は、やはり内部より出でてあるいはやはり錯覚として内部より出たように思えてあるいはやはり瀕死の作為を因とし内部より出づるようなポーズとって、それぞれが時空にではなく時空そのものに（対して）あいまみえる。そして「筋」から自由になろうとする意志は自身を「疑問符から創造へ」のスローガンで律し続け、その果てに、数式公式の一つも創って充足しor数式公式の三つも創って絶望しあるいは中途で方向まるで狂いそれ以後ふらふらよたよたしあるいは疑問符の永遠性が瀕死の作為と重なり合うように釣合って奇妙なバランスを保つor瀕死の作為が疑問符の永遠性を写し出し（逆に創造というイデーの卑劣を撃つ）となる。しかし、以上の「筋」に関る部分の文章は、内容としても書く行為そのものとしてもほとんど意味のない（あるとしたらむしろマイナスの意味）ものなのだ。何故こうなったのかといえば、年のうちに云々の歌に毒気抜かれてしまったからではなく、一にも二にも文章内容以上に助詞助動詞接続詞に執着するという私自身の悪癖にその原因がある。「or」は、「あるいは」の効果範囲を殺さぬため、ただそれだけのために、他のすべてがぶち壊れるのを承知で、それこそ断腸の思いであちらから借りてきた。私は下書きから清書というパターンで文章書いたことがない。——考えてみれば「筋」というものは常に「卑劣」の危険にさらされている――このように言葉を外に出してしまった以上、とりわけ「考えてみれば」の「ば」を外に出してしまった以上、続けると書く側の態度姿勢が疑われ自身もまた意味ない袋小路に陥ることが予(あらかじ)めわかっていたとしても、絶対に「ば」を消すことなど許されず、文章内容が台無しになろうがなるまいがとにかくこの「ば」には素直にならねばならぬ、斯様に私は考えている。もちろん、書かれた文章と書いた本人とはなんら関係なく書かれた文章は独立した作品(物)である、などという理(わけ)知り顔の聞いて反吐出る理屈を言いたいのではない。文章内容を潰して従った「ば」は私だ。私そのものだ。都営バスのステップに掛かった少女の、若しくは老婆の脹脛(ふくらはぎ)の鮮やかさが、すべての志の虚しさを映し出すという事情は確かにある。けれども「言葉」を信じるために私はあらゆることをしてみようと思う。「言葉」信じるとは文章書き続けることなどではない。己れの理念や心情を文章化するのとほとんど別問題だ。ただでさえ悪文なのに加えて「ば」に執着した結果、救いようない悪文プラス文章内容なしの愚文になってしまったわけだが、そこには私自身の悪癖、それこそ常に「卑劣」の危険にさらされている「筋」、私を律しまた私が守ることを義務づけられている「筋」が自身の主観に無関係にどうしようもなく存在するのである。己れの理念心情を文章化するなどまるで信用できないことだが、私はなんとしても「言葉」だけは信じたいのだ。腕には腕の、肩には肩の、ペニスにはペニスの、ヴァギナにはヴァギナの、それぞれの「言葉」というものはやはりあらねばならぬ。それが最低条件だ。それがあらゆる行為の最低条件だ。後天たる私の脹脛が先天たる少女老婆の鮮やかな脹脛に拮抗でき得るとの保証は今はない。しかし、たとえば「AとBの狭間で己れを凝視しつつ生抜く」といった言い方にある種の不潔さを感じてしまった以上、他にどんなやり方があるというのか。デカルト「情念論」を読んで松果腺の研究でもせよというのか。己れを凝視しつつ生抜く　といったそれはそれで極めて必要なことを金科玉条とする生き方を私は拒否する。また、どこかの国の学問好きな王女に「精神と肉体、それでは情念とは？」と問いつめられ、あせった挙句に（理性的）精神はそのままにしておいて（真理）認識から（道徳）価値への苦しまぎれの横滑りした解答を出したそのやり方も当然のことながら私はとらない。何事にも保証などないのだ。保証つきの面白くもない問題に人は誰も手をつけぬ（変ないい方になるが、だからこそ逆に一見保証つきの面白くもないような問題のもつ重さが肌で理解できない限り、いくら〝保証などないのだ〟と気張ってみてもそれは上調子の風俗としての思想でしかないのだ）。保証ない代わりに今の私にあるものは、限りない意志と、そして限りない自信の二つである。私は少女老婆の鮮やかな脹脛に拮抗せねばならぬ。

　話が逸れてしまった。やれ想定だやれ自信だといい気に書いているうちに本当に話が逸れてしまった。元に戻そう。

　年のうちに云々の歌に対する、寝床で半開きの眼のままミカンでも食ってそのついでに歌ったような歌、という私自身の印象に辛うじて歯止をかけたのは確かに「筋」である。古今和歌集のような、でき得る限り個性を消した歌集の内の一首をこのように論う（あげつら）ことは、古今の精神からしても間違いのもとであり、問題点をあやふやにするばかりでなく、論ずる姿勢としてまるでなっていない、つまり、古今の古今たる所以を総体として見極めねばならぬということ、さすれば一首のみ取上げて悪態つくこと（これは卑怯だ）などなくなり、この歌が実際問題として良かろうが悪かろうが「自動詞―袖がぬれて―の精神を全体として体現しているのが、年のうちに云々の歌なのである」と心から断言できるのだ、良かろうが悪かろうがの形容は誤解を招くけれど、そう言って憚らぬ強さを古今和歌集自体が身につけているし、また論ずる者に対してその態度を無言で強いるのがこの歌集である以上、古今を本質的に問題にするからにはまずその態度である良かろうが悪かろうがの心からの断言という地点に無理しても立たなければすべては始まらない、古今の精神に対峙するのはそれからだ、ただでさえ外在的なこの歌集を評するに一定の原理・立場から加える外在批評では話にもならない、手強い相手には礼儀を尽くす、これが「筋」というものだ――私に辛うじて歯止をかけた「筋」とはこのようなものである。改めて言う。春・一および二を貫く自動詞の精神でもって古今和歌集は始まっている。そして在原元方の歌

年の内に春は来にけりひととせを
こぞとや言はむことしとや言はむ

は古今巻頭を飾るにまことにふさわしい一首である。この歌の詞書は「ふる年に春立ちける日よめる」だが、元方には「年の果てによめる」と詞書のついた次の歌もあるのだ。

あらたまの年の終はりになるごとに
雪もわが身もふりまさりつつ（冬・三三九）

元方とは年末年始が好きな人物なんだな　とばかりも言っていられまい。驚くべき調和と秩

序。この二首の間に「春」「夏」「秋」「冬」が、整然と再構築された反世界として、命がけの非個性を歌いながら確かに存在しているのを見ると、背を走る冷たい衝動をどうしても抑えきることとできない。しかも「年の内に」の方は新年の歌であってそうではないのである。正確に言えば二首とも一年の終わり、年の果ての歌だ。年の果てに春を歌い、そして「ブタとイノシシの間に生まれた子供はブタシシと呼ぶべきかイノブーブーと呼ぶべきか」などに類した、ブタにイノシシなら大差なく「イノコ」「イノブタ」との便利な呼称あるにもかかわらず何故こんなふざけた馬鹿げたことを　と人に誇られること確実な格調まるでないダジャレ飛ばしたこの歌が、千年以上にわたって古今巻頭を飾り続けてきたその事訳を私はひどく恐ろしいと思う。

しかし、現代において古今和歌集を論ずるとは一体どういうことなのだろうか。古今が日本千年の黙示録だったからか。それもある。古今の「ロゴス」がいつでも世界と取って代われる透徹の綜合性と宇宙の摂理すら影薄い完璧な法則意志の二つで成立っているからか。もちろんそれもある。だが本当のところはそうではない。私が全身全霊で対峙したいのは、否、対峙しなくてはならぬのは次の歌である。大切な歌だからはっきりと書く。

題知らず

よみ人知らず

わが宿の池のふぢ波咲きにけり

山ほととぎすいつか来鳴かむ

（夏・一三五）

夏歌の最初に位置する歌。「いつか」の「か」は疑問の係助詞。「来鳴かむ」の「む」は推量の助動詞。「私の家の池のほとりの藤が咲いた。山ほととぎすはいつ来て鳴くことだろうか」の意味。ありふれた歌のようにも見えるが、この一首は古今和歌集のなかで最も問題点を含んでいる歌だと私は思うのだ。他の歌とまったく違うトーンをこの歌はもっている。感動は感動でも、たとえば業平の「月やあらぬ春や昔の春ならぬ――」とはまるっきり種類の異なる感動だ。その緊張においてこの歌は業平歌をはるかに凌いでいる。業平歌が弛緩しているというのではもちろんない。ただこの歌が特別なのだ。特別に異常なのだ。この歌のトーンは鋭角である。それも言語に絶する凄まじさをもった鋭角である。騒々しい鋭さではない。騒々しさなどは微塵もない。静寂を知りぬいてしまったが故に行くところまで行きついた比類なき鋭さなのだ。上の句は完璧な均衡もったスクリーン。トーキーでなくサイレント。終止形「けり」は、下の句「いつか　来鳴かむ」を、瞬時にして永劫な静寂の後に、ほとんど奇跡的に用意する。そして下の句「か――む」はすべての事を凍らせすべての象を焼き尽くすのだ。この歌は〝主語消した法則意志でもって時空を再編成〟という形容ではとても追付かない。「力をも入れずしてあめつちを動かし目に見えぬ鬼神をもあはれと思はせ」の仮名序すら超えようとする無意識の志向がここにはある。誤解を恐れずに言ってしまえば、それは、天地（あめつち）と鬼神そのものに対する最後の戦い、もう後がないギリギリの戦いの宣戦布告、いや最後通牒　といったものなのだ。比類なき均衡もつ上の句。（上の句と下の句に挟まれた）瞬時にして永劫なる静寂。激越がほとばしる下の句。昭和十七年、十七歳の少年は「文芸文化」誌上に次のように書きしるした。「上の句には『ととのひ』の流れがある。朗々と大河のやうにながれつつ一つのととのひをつくり出してゆく。かうした『ととのひ』は破られるべく用意されたととのひである」そして少年は上の句が「けり」で切れた後の静寂を「優雅な『待つおもひ』にあふれてゐる」と感知しさらに「そこへ『山ほととぎす』の四、五句が嚠喨（りゅうりゅう）とひゞきわたるのである」と続けた。昭和四十五年、四十五歳になった彼は「もう待てぬ」と絶叫して自らあい果てる。保田に三島のことは究極的には理解できない（というより三島の方で感じていた保田に対する根本的違和といった方が正確かもしれないが）。同じ「わが宿の……」でも保田の方は「山ほととぎす」ではなくむしろ「わが宿のいささ群竹ふく風の音のかそけきこの夕（ゆうべ）かも」に近いのだ。この差は決定的である。だから三島は、例えば〝必要なのはヴァギナでなくロゴス、闇でなく光、弁証法でなく自同律、バラでなくアトムボン（芥正彦「空中都市」）〟のような感性に最後までこだわり続けたし、逆に保田はこだわるべき何の対象ももたなかったのだ。三島と保田との問題は、つきつめて考えれば太宰と啄木との問題なんぞよりはるかに錯綜していて難しいがこの稿で触れるのはやめよう。そろそろ私に与えられた枚数が尽きてきた。先を急ぐ。香なき文章だがやはり収拾だけはさせねばならぬ。

　とにかく私は古今和歌集夏歌一三五「わが宿の池のふぢ波咲きにけり――」に全身全霊で対

峙していくだろう。下の句「山ほととぎす　いつか来鳴かむ」の「か──む」が絶対に反語ではなく疑問、それも狂気に近い背水の疑問だという、その構造全体を私はいつの日か必ず組敷いてみせるだろう。古今のロゴス（＝いつでも世界と取って代われる透徹の綜合性・宇宙の摂理すら影薄い完璧な法則意志）は、驚くべきことにそれ自身の内部に自身を破壊する要素を含んでいたのである。古今そのものと私の内なる古今との微妙なズレ、隔りの隔りとでもいうようなことを隠すつもりはもちろんないが、古今和歌集はこの隔りの隔りという後世の実感すら射程に入れて編さんされたのではないかという想念まで頭を過る(よぎ)のだ。だからこの歌集は容易な敵ではない。生半可な自身の削り方していたら組敷くどころかその構造に吸込まれてしまうのが落ちである。「わが宿の──」の「わ」は古今では異例の、わ＝我＝私、なのだ。認識によってでなく、自らを殺ぎ落としつつ絶対感覚の先を駆け続けることによってしか「わが宿の──」含むこの歌集の全体像と拮抗することはできない。一つの問題を手つけずそのままにしておくということは停滞でなく退歩である。手つけずそのままにしておいた問題がいつのまにか消滅するという虫のよい話は未だかつて聞いたことがない。放置された問題は（特に日本では）時間の裏側で腐った増殖を始め限りない悪臭を放ち続ける。晩年のハイデッガーがサイバネティクスを語ったからといって、やれウィーナーだやれフィードバック原理だと騒ぐことなど毛頭ない。そんなことより、サイバネティクス的な指向が、悪臭を放ち続ける腐った増殖（放置された問題）と相互補完しあいながら結びついていくという極めて醜くおぞましい、しかも充分予測できる事態について考えるべきなのだ。手つけずに放置された問題は小奇麗に処理することなく徹底的にねじふせねばならない。さもなくば私たち自身が腐った増殖細胞になりさがる。私はその構造を、その構造全体をいつの日か必ず組敷いてみせるだろう。別に気取っているわけではないしもちろん私の（個人的）な生き様など（ナゴヤ球場の中日―巨人戦に比べてさえ）たかがしれたまるでこだわるべきでないことを云々しているのでもない。いつの日か必ず組敷いてみせるというのは私の意志ではないのだ。私の意志ではなく私の内に存在する「筋」そのものの意志なのである。私の内に存在する「筋」を、「筋」の内に存在する仮象としての私、と言い換えても一向にかまわぬが、私はそこのところだけは避けて通るのをやめようと思っている。つまりこういうことだ。「筋」と「個」と二つしてある。この「筋」と「個」は至福としての結合をしていない。「筋」は「個」を見つめ「個」は「筋」を見つめている。そしてここで一番いけないのが見つめあい凝視ごっこの近代病だ。一見真摯に見えてその実最も愚図な近代病。近代病脱したとしてもその次が問題。中途半端を排してそれでは「筋」に生きるのか「個」に生きるのか。私は「筋」に生きたいのである。「個人的な生き様」などという不潔なセリフを決して吐かず、物心ついた時分に得た己れの問題意識にこの上なく忠実に（もちろんその問題意識が続こうが続くまいが）、あらかじめ（コンピューターでなくワラ半紙と鉛筆で）決定された己れの軌跡に正確に沿って針一本ほども踏外さず、偶然性とかいう味気ないものを一切信用しない、そういう生き方がしたいのである。目はかすんで目やにがこびりつき、歯槽膿漏で歯はガタガタ、弱い呼吸器官に坂道であえぎ、百メートル歩くごとにリポビタンスーパー・エスカップキング・マムシグロン飲み、一時間に一度は出血する疣痔の尻抱えていてもリーゼントでバシッと決める、知人と会ったら太陽のような顔で挨拶する、そして知人が去ったら傍の電柱ででも体を支える、くどいようだが私はそういう生き方がしたいのである。「個」に生きることが魅力でないことはないのだ。けれども今の私があらゆる「とらわれ」を振捨てて「個」に生きると決意したところで何が得られるだろうか。余人は知らず、私の場合「個」に生きるということは（そしてそれは自身の決断一つで充分可能なことなのだが）私自身に対する欺瞞になってしまうのである。うまく表現できないのだが、「個」に生きようとしたその瞬間、「個」も「筋」も二つして失ってしまうように私には思われる。「個」に生きることが魅力でないことはないのだ。ただ、上げ底の「個」というものがたまらなく嫌なだけである。いいかげんでちゃちで醜く薄汚れた上げ底の「個」というものがたまらなく嫌なだけである。「筋」に生きてその果てに真正の「個」に出会えるなどという甘い考えをもっているわけではないが枚数がもう尽きた、最後に再び言わねばならない。

私は構造を、ありとあらゆる構造全体を、いつの日かこの手で必ず組敷いてみせる。

もう与えられた枚数はとっくに尽きている。しかしこの文章、最初は一と二で成立たせる予定であった。だから二を書く。一行でも二行でもいいから書く。私は人のあげ足をとったことなどかつて一度もない。それは人間の一等卑むべき行為だと思っている。だから私はデカルトや吉田兼好のあげ足をとったのでは決してない。デカルトはデカルト独自で、兼好は（兼好を目一杯批判した）本居宣長とその宣長を今書いている小林秀雄との関係でそれぞれ触れようとして（私にとって最も恥ずべきことである）予定が狂ってしまい触れる機会がなくなってしまったのだ。私は村上一郎いうところの「東京を離れた東北線の列車が、筑波・加波の峰を右に見ながら荒川・利根川を渡り、やがて鬼怒川・那珂川の鉄橋にかかる頃、谷は深まり、水は冷冷と、そして鋭い襞を曳いた火山脈の列が車窓に近々と迫ってくる。この故地の山と河をののろい、親たちにそむくことによって、近代の一員たろうと身をよじってきた。そのことなしに僕たちは人間になることができなかったであろう。いまもなお、そのあらがいはつづいている。にもかかわらず、東国の風を、土を、描きとめたいと……」という風景に紛うことなく列する人間である。けれど他のものを必要以上に低く見る趣味などはまるでない。公平なんぞという言葉は右見てきょろきょろ左見てきょろきょろの日本市民階級を連想させて好きでないが良くも悪くも眼に関しては私は公平だ。デカルトも兼好も評価すべきところは充分評価している。評価した上で倒すべきものは必ず倒す。私の文章が悪いのが原因であり恥じいるばかりだがあげ足をとる云々の誤解だけはしてほしくないと考えている。他にも何か肝心なことを記し忘れたような気もするがそれらは次号にまわす。

私もいつのまにか三十を越えた。若い世代の思想的混迷、などという体のいいフレーズに甘えても許される年齢から既に十年も隔たっている。そして事実私は私の文章ほどには混迷していない。日本回帰の一変形とでも読まれたら非常に困るのだ。ローマ帝国を小指の先であしらったアッティラ、金銀ではなく木製の屋形に住んでいたと伝えられるアッティラに小気味よさを感じる自分を否定はしないが、その小気味よさは、ヨーロッパを徹底的にいたぶったスレイマン万歳というふうには決してつながらぬ。ヨーロッパの一画にヨーロッパではない、かのアルハンブラがあることは私の感情を波立たせるがその波立ちは私の拙い歩みの足を引っ張る。瀕死のヨーロッパをあげつらって何になろう。ヨーロッパも苦しいのだ。エリオットをもちだすまでもない。

Sailing to Byzantium のイェイツ。Set upon a golden bough to sing to lords and ladies of Byzantium of what is past, or passing, or to come（黄金の木の枝に据えられビザンチウムの人達のために過去、現在、未来を歌いたい）などを見ると他人事とはいえ気持が暗くなる。この金細工に対する憧れは己れの老いからくる絶望感の裏返しだけでは絶対にない。ヨーロッパも苦しいのだ。私はスレイマン万歳とは決して言わぬ。そしてその代わりにたとえ正論であろうと、「人間の魂に東も西もない」とも決して言わぬ。「小さな日本の小さな希望」などというのっぺりしたセリフは口が腐ったって言わぬ。それが「筋」というものだと思っている。私は私のもって生まれたそれなりに正確だがちゃちな認識とそれから多少は愛着の残るたかがしれた個性というやつを犬にくれてやってもいい。能面のように笑うことなき少女が、それでも最後に人知れずほほえみたいと希求しつつ、ついにはほほえむことなく仆れたことを想えば、認識とか能力とか個性とかに生きることは断じて許されぬ。私は認識や能力や個性で思考しない。「筋」で思考する。それも時代情況や内なるアッティラ志向（＝自身の心に溺れた反欧米志向）の外内の誘惑を退けた真正「筋」で思考する。私に可能性がもしあるとしたらここにしかない。個性をなくした私はどぶ板の上で踊り続けるだろう。そして（私がでなく）文字が記号が私を書き続けるだろう。それがいま去りつつある私の青春を用意してくれた十七年前の笑うことなき少女に対する私の敬愛のすべてだ。私は文字を書かない。どんなに苦しくとも文字に私を書かせてみせる。無機の世界に耐えてみせる。そのことが思想の王道とすらなってしまったどこまでも惨めな日本水腫列島と刺違えてでも勝ってみせる。

（1977年4月「遠い意志」2号）

Ⅱ

中森明菜

最初から中森明菜が好きだったわけではない。山口百恵から距離をおくことでスタートした松田聖子に対し、百恵の路線を受け継ぐ形でスタートした明菜に、ある種の親しみを感じたにすぎなかった。百恵は私にとって神である。かつて山口百恵という歌手がいた、ということだけを支えに私は生きることができる。己れの人生を闘うことができる。百恵はなによりもアジアの子であり、アジアの最良の魂を具現していた。私にとって明菜は百恵の影だったのである。

しかし、「キャンセル」という曲を聞いてから明菜に対する見方が変わった。明菜はやはり明菜であった。百恵ではなかった。百恵の自意識は、なみはずれて強く、そしてアジア的に円環していた。その強さと鋭さが、自分と他者を傷つけることはなかった。強く、鋭く、美しく、この上ない鮮やかな自意識であった。明菜は違う。彼女の自意識は、アジア的円環とは無縁の、自分を傷つけ、他人を傷つけ、もがき苦しみ、のたうちまわったあげくに時間とともに衰えていく、そんな悲しい自意識だ。

「キャンセル」は、明菜の自意識がピークをむかえた直後の歌である。少女は少年より鋭い。もちろん大人が千人集まったって少女の感覚にはかないっこない。自意識は誰でももってい る。その限りでは別に問題にするほどのことでは決してない。けれども、ある位相に追いつめられた自意識が、あるいは分裂の極みに軋(きし)んだ自意識が、一瞬、宇宙の果てを見抜くというこ とはやはりあるものなのだ。少女の恐ろしさはここにある。大人のたるみきった自意識や理性や、底のわれたやさしさなんてどうあがいたってかないっこない。明菜が明菜であり、百恵で はない理由はここにある。

「胸にかけたブレーキが、つまさきからはずれてく」と歌う明菜は、自らブレーキをはずして全速力で突っ走る。自意識が分裂し崩れるスピードより早く走れば、憎い自意識に勝てるか もしれないのだ。明菜は走る。すべてをキャンセルして走る。人生すらキャンセルして走る。

「心では、お好きなようにとつぶやいている」——このつぶやきで明菜はすべてを捨ててすべてを手に入れる。光より早い、世界の直接性すら手に入れる。「あなたの言葉で心を裸にされ」と明菜は歌うが、裸にされるのは少女ではなく私たちである。大人たちのいい気な、そしてピ ントはずれな、おしつけがましい理性や不潔なやさしさを裸にして見すかしてしまった少女は、ついでに男の子、あるいは男そのものを見えない糸でがんじがらめにしばりつける。「し ってるわ、男の子、むやみに愛を欲しがることを。それでもあなたの寝顔さみしそうで視線が はずせない」——続けて「軽い子だと誰か叱って」と明菜は歌うわけだが、ここで叱っても少女はもうそこにはいない。はるか彼方を走っている。残っているのは叱った人間の醜いバランス感覚、つまり処世訓だけである。明菜に即して言えば、「キャンセル」は、彼女のピークの一つである。ピークは長くは続かない。まして本当にすぐれた感性は、本人も気づかぬまま瞬時に消える。「飾りじゃないのよ涙は」で、もう一つのピークを創った彼女は現在生命力を持っていない。「ミ・アモーレ」にしても「難破船」にしても明菜の残骸(ざんがい)である。

私が言いたいのは、明菜は、残骸(ざんがい)をさらすほどに、己れの闘いを真摯(しんし)にやり抜いた、ということなのだ。そして、残骸をさらす余地のまったくなかった山口百恵の完璧な美しさ、強さ、しなやかさ、とは違った意味で中森明菜という歌手を、少女を評価してよいのではないか、ということである。軋む自意識にこれほど壮絶な闘いを挑んだ歌手はいない。百恵の次の世代に生まれてしまったという不幸もあるだろう。しかし、その不運が、明菜でしか実現できない世界を創った。瞬時ではあっても、いや瞬時だからこそ輝く、宇宙の果てを見抜く少女の世界を創った。明菜は「キャンセル」から「瑠璃色の夜」へだらしなく横滑りした、などと誰が非難できようか。誰にも彼女を非難する資格などありはせぬ。彼女は身ぜにをきって最も困難な闘いに我身をさらしたのだ。そして少女にしか見抜くことのできない宇宙の果てを心ならずも見てしまったのだ。非難があるとしたら、それは明菜に対してではなく、我と我身にこそ向けるべきであろう。

時間がないので急いで書く。私にとって問題なのは、中森明菜と、いや宇宙の果てを見抜いてしまった少女たちと、己れがどうかかわるか、ということである。私は少女たちに負けたくないのである。少女たちが瞬時に見せる感覚に負けたくないのである。俺は五十だ、と大人の迫力と大人のずるさ、あるいは大人の重厚さで勝つ方法などいくらでもあろう。しかし、それでは勝ったことにならない、と自分は思っている。少女が自意識を軋ませたら、私は少女の二倍、己れの自意識を追いつめ軋ませてやろう。少女が魂を荒野にさらけ出したら、私は、私の肉体をさらけ出して、魂そのものになってやろう。間違っても己れの自意識を住みごこちのよい所には置くまい。魂は落ち着き場所を求めてさまよう。明菜は、明菜の魂は、「瑠璃色の夜」に彷徨(さまよい)の末たどりついた。ならば私は魂の落ち着き場所を最初から拒否してやろう。自意識と自己保身が手を結ぶと人はたとえようもなく醜悪になる。だいたいが、自分には醜悪に生きまい、自己保身的には生きまい、わりを食っても、自分をさらけ出して生きるんだ、という決心の仕方自体が、一番みっともない。カッコつけた自己保身というか、自分の感覚をだらしなく信じているというか、逆説的に醜悪になってしまう、という恐ろしさが人間にはある。ここが難しくて、だからわかっていただきたいのだけれど、少女の二倍己れの自覚を軋ませるという先ほどの私の決意自体が、ガキっぽく、実態がなく、自分の感覚に対して自己保身的になっている、とも言えるのだ。だから人間はこわい。生きるということは恐ろしい。そして、本当の大人というものは、やはりたいしたものなのだ。そこに平気でたたずんで・・・・・・いられる、というのが大人のすごさである。このすごさは明菜の、いや少女のすごさとつりあっている。しかし、大人と少女の問題は、年齢の問題ではないし、ましてや男女間の問題ではない。精神の位相の問題である。決断と断念の問題である。さて、それでは私はどうするのか。大人として、感情を断念するのか。それとも少女と張りあって自意識を自分自身で軋ませぶち壊すのか。ことわっておくが、感情とか、好き嫌いなどということは枝葉末節、いかなる場合でもどうでもよいことである。意味がない。感情と好き嫌いはあらゆる意味で自己保身、最もだらしのない自己保身だ。こんなことは書くつもりなかったけれど、流れがこうなったのでもう少し書く。自分が最も嫌いな人間と深くかかわることからしか自分の生きる道はない。自分のいごこちのよい所にいきたがる人間は、自分の人生を半ば捨てた人間だ。自分をこづき、自分をたたき、自分という人間の存在基盤をたたきつぶしてくれるような他者とかかわりきることからしか何も生まれない。自分のいごこちのよい所、今の自分をよく理解してくれる人々は自分をダメにする。自分の深いところにある感情、つまり自分らしさにあぐらをかいてしまうと、この上なく楽だろうけれど、本当には何も見えないまま終わってしまう。これが自己保身というやつだ。話がそれすぎてしまった。元に戻そう。それでは私はどうするのか、ということである。真の大人のものすごさ、断念を知った魂のものすごさを私は認める。でき得れば私もそういう大人になってみたい。五十近いから年齢に不足はないだろう。しかし結論は先と同じである。浮わついた、そして青春ごっこをしているような若ぶった大人はそれこそ大嫌いだけれど、それでも大人に対するあこがれより、少女の感覚に負けたくない、という気持ちの方がはるかに強いのだ。自分が少女感覚に勝てるとは思わない。宇宙の果てが見抜けるとも思わない。けれども、やはり私はいまだに明菜と同じような闘い方がしたいのである。少女を大人の目でたたくなんていさぎよくない。少女以上に少女の目（少女少女と書いているが、これは少年・少年の目と書いても本質的には同じ）で、つまり同じ土俵でぶつかってみたいという思いを禁じ得ないのだ。読者の方もそうであるように、私もまた、ここまで書いてきて、なにかがおかしいと思っている。このいびつな執着はどこから、ということである。結局、私には「時間」というやつが信じられないのではないか、という思いが頭をよぎる。

そうなのだ。私には「時間」というやつがどうもよくわからないのだ。三十年前に百メートルを十二秒そこそこで走れた男が、今は十五秒も切れないという事実、今この文章を書いている男が、五十年後、いや三十年後には確実にこの世にいないという事実、そして有間皇子が悲運の死をとげた千数百年前には私が存在していなかったという、その事実を信ずることがどうしてもできないのだ。体はあちこち痛み、毎日ユンケルの二千円のやつ（ユンケルロイヤル）を必ず一本は飲んでかろうじて動いているほど肉体はダメになっているのに、時間が信じられない。空や海や、星や、あるがままのものが、あるがままに存在している以上、俺の青春は朽ちることなく永遠に続く、俺の青春は、少女の感覚とデスマッチをくりかえしながら宇宙の果てまで届くだろう、という思いが、どうしても消えないのだ。あるがままのものが、あるがままに存在している以上、俺の青春は決して朽ちることはない——我ながらいい言葉だと思う。私は今までそういうふうに生きてきたし、これからも生きていくだろう。しかし、よく考えると、いや考えなくとも、これはやはり馬鹿ではないのか。元気がいいとか、若いとか、そんな立派なものではなくて、馬鹿としか呼べないのではないか。私は今年四十九歳。しかも若い時、かなり無理をしているから体中ガタがきている。食事もかろうじて一日一回しか取らず、後はドリンクを飲んでなんとか動いている。そんな人間が、視力、左右とも〇・二の眼を精いっぱい開いて、虫歯だらけの口を大きくあけて、「俺の青春は永遠に朽ちることはない」などとほざいてもそれは質の悪いマンガでしかない。誰かが「そろそろ貯金でもしないと……」と言うと真っ赤になって怒り「明菜があんなに精一杯闘っているのに貯金なんて口に出すな。明菜に対して申しわけない。その日その日をギリギリまで生きるのに何で貯金なんて必要あるんだ。もしお前が貯金なんてはじめたらたたきのめすぞ」と叫んで他者に迷惑をかけ、車なんてのは大人の乗り物だ、俺たち若者はバイクでいい、と意地をはって何回もころび道ばたにはいつくばる。貯金はゼロ、車はもっていない、飯は食わない、ドリンクは飲む、酒は飲むわ、コーヒーは胃にたれ流すわ、タバコは吸う、歯はガタガタで腰は痛いわ足も痛い。そして私はおごそかに言う。「私の青春は決して朽ちることはない」——書いてきて自分でもかなり馬鹿らしくなってきた。結論が出たようだ。自分のたかがしれた感情にもたれかかり、自分の心を、一番楽な、一番いごこちのよい所においている醜い自己保身者は他ならぬ私自身であったのだ。青春、あるいは青春性という幻想から旅立つことができず、困難な真の大人への努力を放棄し、自分自身をきたえることをせず、甘やかして己れの心とベタベタしていたのは他ならぬ私自身であったのだ。四十すぎても己れの小さな姿がよく見えず、真に傷つくこともせず、自分の甘えた心となれあって他人に迷惑ばかりかけてきた幼児性をもったダメ中年、これが私の姿である。

では、私はこれから真の大人に近づくために、最も困難なこと（つまり自分の心に決してもたれかからないこと）を引き受け、コツコツと努力し、魂の自己保身から脱皮しようとするのか。そういうふうに生きるのか。それがそうではないから、そういうふうにはいかないから人生難しいのである。結論が出た、ということと結論通りに自分をたたきなおすということは少し違うのだ。青春という幻想から旅立つことのできない、幼児性をもったダメ中年は、どんなにみっともなく、どんなに醜くくとも、その幻想を生き抜かなければならないのだ。生きるとは筋を通すことだ。人は処世訓のみでは生きられない。人は誰でものっぴきならない筋目を背負って生きている。そしてその筋目が人を食ってしまうことがある。私は、私の背負った、たかがしれた筋目に、自分が食い殺されてもかまわないと思っている。青春の幻想から旅立つことができないのなら、幻想としての青春に食い殺されてもかまわないと思っている。私は、もう少し時がたち、私の体がますます衰え、立ちあがることができなくなり、はってズルズルと動くしかなくなっても、その時の明菜を聞くだろう。その時の少女の感覚とはりあおうとするだろう。中森明菜は老いても、時代は第二、第三の明菜をつくる。そして第二、第三の明菜もいずれ老いる。しかし私は老いることを命がけで拒否する。死に水をとってくれる人間が誰もいなくなっても私は馬鹿馬鹿しい筋目を通したい。棺桶に片足をつっこんでも私はユンケルロイヤルを飲み続ける。ドブ板に頭をつっこんで絶命してもユンケルさえかけてくれたら生き返ってみせる。明菜が、そして少女たちが、魂を切り裂いて呻いた、その呻きを私は決して忘れないだろう。いくつもの、無数の呻きを私自身のものとして、そしてその呻きを、いつの日か必ず超えてみせる。「難破船」での明菜、残骸となった明菜を、私はたまらなくいとおしく思う。

人はいろいろなものを捨てて大人になる。けれど、マイナスの札をありったけ集めて、それがプラスになるという幻想を、どんなにみっともなくとも、持ち続けるという、ささやかな執着を、決して忘れない人間がいたっていいだろう。

（1995年6月　山口峻歌集「総括」）

自由意志とは潜在意識の奴隷にすぎないのか

「遠くまで行くんだ…」の復刻。創刊号から四十年経っている。私は長く復刻に反対だった。この雑誌に資料的価値があるかどうかはわからない。何よりも自身の文章が嫌だった。創刊号、二号、三号の文章は十七から十八歳にかけて記したメモが元になっている。というより、高校新聞に掲載したほぼそのままだ。幼い頃の文章だから許してほしい、ということではない。幼い頃の文章だからこそより醜悪で致命的なのだ。恥じ入るしかない。恥じ入るしかないが、復刻を諾とした以上、簡素で短い文章を書こうと思う。それが復刻に対する礼儀というものだ。

大人になる意志などさらさらないが、一応大人みたいな振舞ができるようになったのは遅く四十歳前後くらいだったと思う。東京を遠く離れ、地方の小都市で私は夜の学校の教員をしていた。定時制高校というより、夜の学校と書いたほうが実態に近い。十五から六十歳を超える人まで、様々な人たちが学校生活を送っていた。

教育改革とか、教員として生徒とどうかかわるとか、そういうことを書きたいのではもちろんない。教員にできることは、生徒の心に決して土足で踏み込むことなく、全力で、死にもの狂いで、そして淡々と生徒とすれ違うことだけである。

「暴走族」もいた。世間で言う「引きこもり」もいた。何よりも夜の学校には紛うことなき「人間」がいた。そこにいるだけでただ涙が出てくるような、天空を突き抜けるある懐かしさをもった人間。人間をいわゆる「能力」で判断することは間違っている。「能力」などというものは、ラーメンにするかタンメンにするかということと同義だ。いま大切なのは、静かで冽々たる軋みの感覚。私は夜の学校に十六年間いたが、たとえば、朝の太陽を浴びて嫌悪のあまり発作を起こすという生徒による啓示を受け続けた十六年だったと思う。

左は、「心が強くなるとはどういうことか」というテキスト文章について生徒が書いてくれた作文の一部。

「もうこれ以上強くならないと思うし、強くなんてなりたくもない。俺はずうっと俺だから強くなくても生きていける。器用じゃないし、これからもっともっと苦しむけど生きていける。強くなるなんて恥ずかしいし不潔だしなんかおかしい。俺は俺だからずうっと生きていける。何もいらない。自分さえいればいい。強くなんかなりたくもない。俺は俺だからずうっと生きていける。」

「心が強くなるとはどういうことか」などというふざけたテキスト文章を使う教員も教員（新木）だが、生徒たちは実にいい作文をたくさん書いてくれた。右の作文は若い男子生徒のものだが、そしてその生徒は非常にしっかりしていて私もずいぶん助けられたが、同じような主旨の作文が他にもたくさんあった。三十年前の詩集　岡真史『ぼくは十二歳』の、

「ぼくだけは
ぜったいにしなない
なぜならば
ぼく・は
じぶんじしんだから」

という言葉が思い浮かぶ。「遠くまで行くんだ…」に載っていた詩の一節、

空や海や、星や、あるがままのものが、
あるがままに存在している以上、俺の
青春は朽ちることなく永遠に続く。

とはまったく違う感性だ。私は、空や海や——の詩が大好きだが、「俺は俺だからずうっと

生きていける」も「ぼくはじぶんじしんだから」も、あるがままのものが、あるがままには決して存在していないのである。自我ではなく、こまやかで優美で鋭い自意識が、ある強いられ方の果てに露出、軋んでいる。空や海や星は、そこにあるけれどもそこにはない。あるがままに存在しているものなんてどこにも見えない。あらゆる理念はどこか嘘っぽい。ヘブライ人にあるような唯一絶対神などもちろんない。自意識しかないのだ。そう、何もいらない。自分さえいればいい。いや、自分だっていなくていい。自意識さえあれば生きていける。私は生まれてから財布というものを一度ももったことがない。カードのたぐいももったことがない。金もない。車もない。携帯電話もない。パソコンもない。食欲もない。もっているのは、病と、煙草と、ユンケル（ドリンク剤）と、絶対に大人にはならない、絶対に成長などしないという強い意志。服を着ること脱ぐことすら満足にできない私だが、こういうことは言い得る。たとえば、日光に中禅寺湖があり、北北西に戦場ヶ原を抜ければ湯の湖だ。湯元温泉から西へ約七キロで前白根山。そしてその奥に白根山。前白根と白根の間に五色沼というあまり人の行かない小さな沼がある。五色沼をイメージするだけで、中禅寺湖、戦場ヶ原、湯の湖、白根、五色沼をイメージするだけで、何ももっていなくても、さしあたり生きることができるのだ。つまり、私にはあるがままのものが、あるがままに確かに存在しているのだ。むろん百パーセントとは言わぬ。記憶の記憶かもしれないし虚像であるのかもしれない。しかしそこには、「自意識しかないのだ」ではなく「五色沼しかないのだ」がある。私にとって「自意識」より「五色沼」の方が強い。西田幾多郎ではないから〝未だ主もなく客もない〟とか〝純粋経験〟とか書かぬが、無時間の中で自意識が五色沼になり、五色沼が自意識になるというのはやはりあることなのだ（だから記憶は常に変化し、逆に言えば、主観―客観の構図は常に破綻する）。今は、五色沼のイメージだけでさしあたり生きることができる、という時代ではないのだろう。若手詩人の詩集を集中的に読んだ吉本隆明は、自然に対する感受性の喪失を指摘し、次のように述べた。「日本の詩の伝統では自然がないとどうにもできない。萩原朔太郎も中原中也も、自然を抜かしたら詩にならない。自然の絶滅状態で書かざるを得ない若い詩人たちは、自然以外の何ものに向かって脱出してゆくのか」

　実によくわかる。空や海や、星や、あるがままのものが、あるがままに（あるいはあるがままでなく）すでに存在してはいないのだ。しかし、実によくわかるが、これはいたしかたないことだ。人間がそういうふうに進んできてしまったのだから。若い詩人たちはここから始めるほかなく、私だってここから始めるしかない。吉本の厳しい感想、「塗りつぶされたように無だな」は、場合によって可能性に転化する。

　四十億年前、自己増殖する粒子が発生。われわれはどこから来たのか、と問う柳澤桂子は、そしてわれわれはどこへ向かうのか、を想う。遠くまで行くんだ……とは言わないが、おそらくずいぶん遠くまで来てしまったのだ。二十一歳の私が六十一歳になり、吉本は自然の絶滅状態を嘆く。ちょうど百年前、漱石は「文明は人の神経を髪剃（かみそり）に削って、人の精神を擂木（すりこぎ）と鈍くする。刺激に麻痺（まひ）して、しかも刺激に渇くものは数を尽くして……」と書き、アントニオーニとベルイマンは亡くなり、いまはウエルベックの「素粒子」が上映されている。三万五千年前の栃木県高原山。旧石器時代に原石加工。五万年前一気に進化した人類はアフリカから世界へ拡散。高地での原石加工には様々な要素（欲望）を必要とする。欲望って何なのだろうか。とりわけ人間の欲望っていったい何なのだろうか。欲望はあざとく知恵はこざかしいが、そう言っていられない事情もある。自分は欲望から脱するぞ、という意志自体がまた欲望であるからだ。かなり困難な自己矛盾に直面する。「インダストリアル・テクノロジイの発展の展望の下に未来をおもう思想と、人間的自然の変革に未来をおもう発想とは、近代にたいする究極の態度決定において容易に和解しがたい」と四十年前に書いた桶谷秀昭は、〝人間的自然の変革〟にどんなイメージを抱いていたのだろうか。欲望。理性。自我。今、ある意味で人間的自然は変革されてしまっている。人の眼はデジタル化し、風景はピクセルになり、空虚な五色沼が現出する。自我、理性、主体、そしてあらゆる人工的仮定の溶解。二十七世紀、人間の心はデジタル化、小さなメモリースタックを頭部の付け根に埋め込む、外側の肉体を買う金がある人間は永遠の生命を得ることができる、死を迎えるのはメモリースタックを破壊された人間だけ、というのは「ブロークン・エンジェル」のリチャード・モーガンだが、後期旧石器時代とほぼ同じ知能で最新ソフトを動かしている現代人は大丈夫なのか。人工的仮定システムの家畜になりはしないか。進歩の罠に陥りはしないか。産業革命以降が問題なのではなく、五万年前、人類がアフリカから世界に拡散し始めた時、生命体としての「欲望」に生じた、ある〝軋み〟が問題なのかもしれない。

夜の学校。そこにいるだけでただ涙が出てくるような、天空を突き抜ける懐かしさをもった人間たち。学校物語風に言うと、こうなる。左は、当時の生徒会長の卒業後の文章。

「70km／h。横浜横須賀道路でこの速度は紛れもなく渋滞中。それでも走らなければ帰れない。止まるとわかっていても走る。前方にテールランプが見えた時、ふと感じた。走ることしかできなかったあの時代。見えない流れに乗っかり、何かに押されるように走り続けた夜の学校生活があった。

学校を超えた学校。もしこの学校を一行で説明するなら私はそう言うであろう。

強さと弱さと優しさと厳しさが入り混じる場所、すべてがそこから始まった。

誰の力でもなく、誰のせいでもない。そこにいるだけで体中が充電されていくような、そんなエネルギーをこの学校は放っていた。

闇でこそ光は必要とされる。夜がベースで夜が基本のこの学校には、あらゆる光が必要とされ、あらゆる光が輝いていた。夜の学校祭、夜の体育祭、講演会、成人を祝う会、夜の球技大会、夜の卒業式。なにもかも生徒の手にゆだねられている。教員は生徒のあふれ出るパワーをおさえる役目といったところだろうか。対教員、対生徒との対立など日常茶飯事だ。自分たち生徒のためにある行事、学校生活を誰にまかせられようか。そうした行事を通じて、知らず知らずのうちに、他人と接することがどういうことなのか、他者を受け入れるということがどんなに大変なことなのかを我が母校は教えてくれた。

（中略）

学校は、ただ勉強をしにくる所ではない。またそうであってはいけないと私は思う。何を学ぶかは、そこにいる生徒が自分で、自分の力で手にしていかなければならないことだと思うからだ。生きていくうえで必要なことは、自分のそうした思いなのではないだろうか。思い、信念が、人を変え、人を深くし、やがて自分の力になる。

先輩たちが伝えたかった伝統といったものは、みんな、思いから始まっているのではないだろうか。誰も自分の未来なんて予想もつかない。当然、思い通りにもいかない。いま、ものすごい速さで時代は変わっていく。けれどすべてが変わったわけでもない。シンナーがハルシオンに変わっただけかもしれない。どんな状況にあっても、絶対なんて言葉はありえない。それを、世間や、他人のせいにしても、たいした人間にはなれそうもない。自分が思っていた以上の自分に出会えてからでもおそくはない。夜の学校の後輩たちに言いたい。私は、最高の自分に出会えたこの学校を卒業できたことを、誇りに思って今を生きている、と。」

引用が少し長くなってしまった。右の文章、この学校の代表的トーンでありベースであるのだが、別に主旋律ではない。この学校の生徒たちは歪（いびつ）な消費社会を、あるいは東浩紀の言う清潔で安全で住みやすい空間を、己れの身体で突破したり、逆に進んで漂ったりしている。
　左も当時の卒業生女子の文章。

「この雨がやんでも　ほんの少し太陽が顔を出すだけって知ってた　／　飛ばされないように必死でしがみついて　／　でも一瞬のうちに飛ばされている　／　現実なんて夢　／　出来事　／　現実でも夢でもたいしたことではない　／　どうして自分はここにいるんだろう　／　何をやっているんだろう　／　ここはあたしの場所じゃない　／　役を演じている／　どんな役でも演じられる　／　いつか　／　演じているつもりが　／　演じられている　／　ふわふわ綿毛のように飛ばされていこう」

言葉を投げる少女。彼女には、超自己とでも呼ぶべきものが存在する。けれども超自己を維持し続けることは難しい。ふわふわ綿毛のように飛ばされていこう、というのは内部の強いられた回転なのかもしれない。
　そして少年は私に言う。他人が嫌なんじゃない、視線が嫌なんだ、息遣いが嫌なんだ、自分じゃない人間が俺のことを見るのが嫌なんだ、女が嫌なんじゃない、セックスが嫌なんだ、他人の手や足や顔や腹がくっつくのが嫌なんだ、唾液や涙や膿みたいなものがぐっちゃぐちゃになるのが嫌なんだ、そんな恐ろしいことできない——不健康とは言うまい。世界のかなりの部分よりはるかに健康だ。大切なのは、分析、解釈、説明ではなく、ある種の直感、もしくは感応。意識とは錯覚であり、五感すべてが幻想だとしても、己れの錯覚にはやはり責任をもたねばならぬ。「いま」とは、五万年前に匹敵する人類の進化？の走りなのだろうか。自意識という強いられた錯覚が宇宙を漂う、という夢想をしたことがあるが、ただある作家に「二足歩行になったりシッポがとれたりというようなわかりやすい進化ではありませんが、今は何が起こってもおかしくないガラガラポンの激動期なんです」と言われては、「理性」や「自我」の背中を押したくなる自分を感じないでもない。

少女のいる風景が気になる。二〇〇四年六月一日、朝日新聞の夕刊（西部本社版）は、この事件をおおよそ次のように伝えた。

「長崎県警佐世保署によると、1日午後1時ごろ、長崎県佐世保市の市立小学校で、6年の女子児童が同級生の女児を刃物で切り、死亡させた。同署が切った女子の身柄を確保し、事情を聴いている。佐世保市消防局によると、同日午後0時40分ごろ、小学校の教頭から「6年生の女児がけがをしている」と救急の要請があった。」

この事件の詳細は、朝日新聞西部本社「編集」『11歳の衝動』としてまとめられ市販されている。だが私は事件の背景も知らぬし、したがって事件そのものに言及する資格をもっていない。私が気になるのは『11歳の衝動』に資料として載っている、加害少女が自分のHP上に書いた詩や文章の佇まいである。少女の心を「分析」などしない、というのが前提だ。「分析」は道を誤る。デジタルは分断だし、二進法は果てしない乖離だ。0と1だけの世界なんてあまりにもべらぼうすぎる。

『11歳の衝動』第3部で精神科医の高岡健が「心の教育は不要だ！」と題して文章を書いている。

「事件の報道を受けて、私は複数の場所で幾つかの指摘を行った。それらのうちの二つだけを、亡くなった少女をA子さん、加害少女をB子さんという名で呼びつつ、以下に要約してみる。

第一に、B子さんの書いた詩を読むなら、彼女が命の大切さを十分に理解していたことがわかる（『嘆きの賛美歌』）。同時に彼女は、人間が一人ずつ異なる存在であることを知った上で、周囲と異なる自分を肯定的に表現するだけの力を持っていた（『不揃いな棒』）。しかし、教師や両親はB子さんを支えることはできなかった。」

これは違うと思うのだ。もちろん、高岡健を批判するつもりなどない。高岡は精神科医で私は素人だ。ただ、少女の詩を読んだ限りでは、そうは感じられない、ということだ。『不揃いな棒』を全文引用してみる。HP上の書き込みだから原文は横書き。縦書きにするとかなり印象が変わってくるが。

「不揃いな棒が延々と平行に並んでいた
すべての棒の長さ、色、太さは違う。
不思議に思った。
そして棒の長さ、色、太さが
同じ棒を探してみた。
でも、同じなんてなかった。
もっと根気よく探してみた。
ず―――――っと探した。
疲れた。それでも探した。

でも全てが同じ、
同じ棒は見つからなかった。
すべての、果てしなく続く棒の列の中にも
とうとう1組も見つからなかった。
ずっと歩いて探したけれど
見つからなかった。
すべては不揃い。

人も黒人もいたら白人も居る。

背が高い人もいたら低い人も居る。

太っている人もいたら痩せている人も居る。


差別はいらない。

すべて不揃いなのは
必然的なことで。

みんな違って、みんな良い。

それが個性なのだから。」


詩が終わって、少女は次のように書き加える。

「まんま私の思ったことで。／まぁ、世界中カオが全部同じなら…　／　①号②号③号……

／　ほらほら、個性だ個性だ。ね？（汗）　／　感想、暇なら下さい。／　悪口以外。／　え？

贅沢するなって？　／　ぁ、ごめんがばちょ（強制終了）」

この詩は、前半と後半でずいぶんイメージが違う。後半は自分の言葉ではない。

少女は、長さ、色、太さが同じ棒を探している。必死になってず――――――っと探している。疲れきっても探している。なぜか。〝みんな違って、みんな良い〟からか。〝それが個性なのだから〟か。そうではない。少女は本当に、同じ長さ、同じ色、同じ太さの棒を探していたのだ。個性が大切なことを証明するために探していたのではない。果てしなく続く棒の列の中に、どうか同じ棒があってほしいと希って探していたのだ。〝彼女は、人間が一人ずつ異なる存在であることを知った上で、周囲と異なる自分を肯定的に表現するだけの力を持っていた〟というのは違うと思う。ずっと歩いて探したけれど見つからなかった、のではなく、見つけられなかったのだ。個性はある意味辛いもの。〝ほらほら、個性だ個性だ。ね？（汗）〟の部分は象徴的である。

『嘆きの賛美歌』は、環境を破壊せず、虫や、魚や、動物や、木や花を大切にしよう、という内容の詩だが、〝彼女が命の大切さを十分に理解していたことがわかる〟というより、タイトル『嘆きの賛美歌』のネーミング、〝わかってよ……〟〝神様はいるのですか……助けてくださ い……〟などの言葉づかい息づかいから私は高岡とは別のことを感じてしまう。『夕暮れの影』という詩の一部を引用してみる。

「夕暮れの影が物からどんどん伸びる……
逆光した建物が私の目を捉えていた。
空は満月が見え、星をちりばめていた。
（中略）

すぐ暗くなったこの夜景に街にはイルミ
ネーションが灯り、明るかった。
橋がかかっている川には、自分の顔が見える
……。
そして、周りの建物もぼんやり見えていた。
（中略）
皆がこのつながっている「地球」にいる。
忘れないで欲しい。
今この時間「苦しみ」の呪縛を解き放てな
い人々を」

この詩は何回も繰り返し読んだ。厭世的なトーンが聞こえるとは言うまい。絶望的な寂しさを堪えているとも言うまい。言葉が宙に浮く。己れの感性が拡散する。
「そして我々の／　自分の言葉にさへ欺かれ易い考を、／　お互に傷け合ふまい。／　みんな自分自身の沈黙と孤独に帰ることだ」は大正十四年の伊藤整だが、今、五年時の文集に書いた少女の自画像と、小さな手書きの文字をじっと見つめるしかない。分析と、いかようにもできる解釈など無意味だ。

解離状態が病理的状況まで進行、とか、広汎性発達障害としてのアスペルガー障害、とか、

様々な媒体が少女について言いすぎるのも危険だろう。アメリカ精神医学会の「精神障害の診断と統計マニュアル」だって当然完璧ではない。所詮はマニュアルだ。世の中、割り切れないことや、割り切ってはダメ（本質を見誤る）なことも多い。今の時代、精神に障害があるかないかの判断は不可能に近いのではないだろうか。決めつけると何かが滑り落ちる。健康の不健康さ、六十一歳になっても、大人になる意志などさらさらない、と決めている、文字通り決めつけている私など、発達障害、未熟児の最たるものだ。

少女から遠く離れよう。分析は無意味だが短絡はもっと怖い。

脳は行動から考えるより、記憶から考えるほうが正しいらしい。そして記憶は変化する。「純粋な記憶」といったものは存在しない。私が考えようと、いや感じようとしてきたことはこれに類することだ。

幼年時代の夢というのがある。例えば、暗い部屋の内で天井が揺れている、カーテンも揺れている、やがて星たちが出てくる、星たちが回り始める、ぐるぐるチカチカ回り始める、部屋の内はあくまでも暗い、というやつだ。少年少女時代の夢というのがある。たとえば、水が押し寄せてくる、ものすごい勢いで四方から押し寄せてくる、水は足もとまで来ている、逃げなくてはいけない、もっと上へ、山の上の方まで逃げなくてはいけない、車で逃げる（車は五十年前のオースチンのような丸っこいケースが多い）、車で日光いろは坂みたいなループを必死で上へ上へと逃げる、助手席には異性が座っている、というやつだ。中年の夢というのもある。高層ビルの屋上に立っている、飛ぼうと思って立っている、飛翔の自信はある、飛んだ、しかし体が重い、滑空しないで落ちていく、墜落すると思った瞬間ギリギリで滑空が始まる、あいかわらず体が重い、地面すれすれを滑空している、なかなか上昇しない、体中汗びっしょりになる、というやつだ。東南アジア系の洪水伝説が意識の奥に眠っていて、などと言いたいのではない。精神分析は嫌いだ。けれど、射程二億四千万年の潜在は、時間に実体がないにもかかわらず、やはりあるものなのだろう。真の普遍性、あるいは真のナショナリズムといった表現はあり得ない。潜在意識もまた変化するものなのだ。遺伝子が夢を見るかどうかは知らぬが。

また、もう一つの記憶。こんどは私事である。私の卒業した中学校の近くに沼があった。小さいが、なかなか趣のある沼である。高校進学が決まったある日の夕暮れ、その沼の東側を歩いていた。丘の蔭に夕陽が沈みかかっていた。微風。水面で反射した夕陽は、微かな揺れとともに私をつつんだ。私の体は震えた。言葉が出ない。喉が詰まる。仄暗い光に吸いこまれ、あるいは光を吸いこんだ。私は血が逆流し硬直しながら、しばらくその場所にたたずんでいた。その時自分が考えたこと、それは、この感応を決して忘れない、風化させない、「純粋記憶」として永遠に保持し続ける、ということであった。自分はもうすぐ高校生だ。青春本番（当時は『青春』という言葉がまだかなり強いリアリティーをもっていた）と言うくらいだから高校時代にはきっといろいろなことがあるだろう、この感応も鈍くなるかもしれない、でもこれはおそらく大切なことだ、絶対に忘れてはならない、ということであった。

あり得ない、存在し得ない「純粋記憶」を永遠に保持し続けようとすること。ズ・レ・は継ぎ接はぎの構築では繕えない。走るしかない。強いられた感性が走るしかない。時空を歪め切るまで徹底的に走るしかない。猫のフウちゃんだって彫刻みたいに長い時間夕陽を凝視していることがある。机や椅子や石たちにも電子レベルで記憶?·がありそうだ。人間は大丈夫なのか。『神に保証された主体（理性）』たちも、『温帯モンスーンの〝もののあはれ〟』たちも、人類は大丈夫なのか。〝神なき主体（理性）〟は骨絡み暴走しないか。〝もののあはれ〟は摩滅摩滅の水膨れにならないか。本能は半ば壊れ、構造消費が疑似本能となる。若者は「運も実力のうち」なんて言わない。「実力も運のうち」と言う。制度を含めた最新医療や遺伝子工学を人間は使いこなせるのか。使いこなしていいものなのか。脳梗塞なのにノーシンを飲む人がいたり、三十世紀に新しいノアの方舟ができてもかまわないのか。欲望が軋んだ存在としての人間が、TOBにうつつをぬかしたり、一日十六時間労働、時間外労働月二百時間超、過労死といった状況を現出させたりしてそれでよいのか。抑うつ状態の小学生の数は多い。ハリケーンの数は百年で二倍だ。人々の未来はあらかじめ決められており、日々の過ごしも情報管理システムの中だ。科学もまた、ある種の人工的仮定だが、それは絶対に後戻りすることはない。情報管理システムの中でのセリフ二つ。「おじいちゃん、スイッチどこ?」（祖父が捕まえてきたセミが鳴かなくなった四歳児）。「スタッフのままでは、永遠に会社に搾取され続ける。自分が利益を抜く側にまわらなくては……」（ADとして派遣されているスタッフ）。これでいいのか。人間がこの様（ざま）でいいのか。日本列島は地質学的にも軋み、括弧付き民主主義も、科学も、セックスも、諸々も、明々とあるいは冥々として底が割れつつある。希望はどこだ。第三次機械打ち壊し運動か、超自我でしのぐか、人間的自然の変革か、他者関係への開かれか。後の二つは似通っているが、すべて悲鳴のような希望である。私は、いわゆる全共闘世代の走りだから「他者関係への開かれ」には執着があるが、「他者」には内外のズレがあり、したがって「関係」には名称としてのズレがある。希望がそのまま直截な可能性となるわけではない。

四十年。時間性に実体などないのかもしれないが、ずいぶん時が経ったものだ。宮益坂から紀ノ国屋、表参道から赤坂見附を抜けて阿寒湖に到る白い線。あるいは、柿の木坂から緑が丘、そして洗足池。あるいは、角筈からコーヒー「もん」、そしてヴィレッジゲート、ヴィレッジバンガード。雨の夜あなたは帰る島和彦。雲の流れに西田佐知子、渚ゆうこ京都慕情の時だ。三十年前、『遠い意志』二号に掲載した己れの文章から私は一歩も出ていない。出るつもりもない。認識ではなく、ガタがきた体で、三十年前の己れの文章を追い詰めようと思っている。保田與重郎の言葉「春光の四辺、さながら天地（あめつち）の始めにいると思わせ、わが魂が天地に充満したような、生そのものの状態である。生の原始状態の自覚である。」の問題、「ズレ」の問題、「天地（あめつち）に対する最後の戦い」の問題を追い詰めようと思っている。下等な動物ほど記憶が正確らしいから、私の記憶が猫のフウちゃんと同じくらい正確だったら追い詰めることできないが。

例えば、関東大震災を経験し、風船爆弾をつくり、混乱を生き抜き、金に執着せず、親としての思いは子供に次々と潰され、大腿骨を折り、癌に全身を冒され、それでも這って病院を出ようとする女性がいる。団塊の世代は、全共闘世代は、この女性を、この人を超えられたか？私は未だ超えられない。超えられそうもない。だから私は大人になってはいけない。未熟なまま のたうちまわる罰を受け続けなくてはならない。

地方の小都市の夜の学校。奇跡とも思えるほど懐かしい人たちを想いながらこの文章を終えよう。これは「遠くまで行くんだ…」復刻版の「あとがき」だ。「あとがき」は、短いこと、述べないことが鉄則と決まっている。

東京で人と会うことはほとんどなかったが、小阪修平とは偶然必然含め、この三十年で六回ほど会った。会うたびに私は小阪にしつこく訊いた。西洋哲学、特に現代フランス哲学についてである。私は、伊勢物語はそれなりに知っているが、フーコーなどほとんど読んだことがない。フーコーのこと、デリダのこと、ドゥルーズのこと、素人相手に彼は長い時間、実に詳しく教えてくれた。とんちんかんな質問にも丁寧に答えてくれた。私にとって楽しい時間であった。

素人相手にありがとう、と言いたかったのではない。初めて会った小阪二十一歳の春と変わらぬ彼の瞳のたたずまいである。他者との間合いに悩んだことがあるのだろう。他者との間合いに照れたことがあるのだろう。他者そのものに途惑う上質な人懐こさ。いま、小阪修平の、繊細で、人懐こく、どこか苦渋を秘めた瞳を、胸の奥で静かに思い浮かべている。

（2007年11月「遠くまで行くんだ…」完全覆刻）

ただの浪漫とただの理性がそこにころがっている

一九六九年十一月。都立立川高校封鎖。古川杏子を含む四人が退学処分。杏子、定時制高校に編入。その後、桐朋学園大学音楽学部作曲科に入学。二十歳で舞踏集団の大駱駝艦へ。

古川あんずという名の出色の舞踏家。二〇〇一年十月、あんず、ドイツベルリンで客死。享年四十九。

会ったことはない。もちろん顔も知らない。名前はよく聞いた。特に東京三多摩の高校出身者からは。

早春の緋紅色の花が軋むほどに強く、そして鮮やかな自意識を持つ少女だったのだろう。

この七、八年、あまり眠っていないのによく夢を見る。眼の霞み、波打つ不整脈、そして廻り灯籠のような長い夢だ。

一五七三年の越前一乗谷、朝倉館炎上の夢をなぜか見た翌日、会うことのなかった古川杏子の夢を見た。いま、彼女は何処に、どのあたりにいるのだろうか。

上高地河童橋から梓川左岸の道。明神から徳沢、そして横尾。本谷橋を渡ると本格的な登り。ひたすら登ると涸沢。涸沢カール。日本有数の登山ベース地だが、ここの、霧の中のお花畑は、風景であって風景ではない。

涸沢、幻想のお花畑から空を見上げたら、そこに古川杏子はいるのだろうか。

「空間」とは、有って無いようなもの、無くて有るようなもの、という気がする。そして「時間」とは、半ば以上人間が作ったもの、限りなくゆがむもの、という気がする。空間がゆがめば、やはり時間もゆがむのだろう。アインシュタインのせいではなく、実感としてそう思う。

時空がゆがみ、世界が重なっているとしたら、一五七三年八月、自害して果てた朝倉義景は、この円環の何処かにまだいるのではないか。二〇〇一年十月、ベルリンで客死した古川杏子の、軋むほど強く、そして鮮やかな魂は、この円環の襞の何処かにまだいるのではないか。

問題は、神、神につくられた特別な存在としての人間、自然は対象、意のままに動かせる、といったことに対するある根本的な違和だ。超越的な思考、信仰、といったものに対する違和だ。直線的な時間意識に対してしっくり感がない、と言ってもよい。

デカルトは、方法序説第五部の最後を次のように結んでいる。

「動物の魂とわれわれの魂がどれほど異なっているかを知ると、われわれの魂が身体にまったく依存しない本性であること、したがって身体とともに死すべきものではないことを証明する諸理由がずっとよく理解される。そして魂を滅ぼすほかの原因も見あたらないだけに、われわれはそのことから自然に、魂は不死であると判断するようになるのである。」（岩波文庫・谷川多佳子訳）

筆者註↓この文章、理性的魂について述べたものであるが、新しい科学や哲学が激しい弾圧にさらされていた時代の影を微妙に受けている。自然研究デカルトにして唯心論の気配。「意識の所有」ということに関して問題になるかもしれない。

特別に創造されねばならない理性的魂。この理性的魂は、「パチンコに一日三万円使うなんて理性的ではない」の理性とはまったく違う。プラトンなど読みこんだことなく、ニーチェからの推定受け売りだが、デカルトの「理性」は、プラトンの「イデア」、キリスト教の「神」と同じ匂い。超越的なのだ。だから私にはわからない。

ただ、亡国、流浪、苦難、終末感、原初キリスト教の厳しさ、「許す」ということのすさまじさ、そして「つくる」イメージは理解できる。強い違和感とともに理解できる。プラトンにも「つくる」イメージはある。観念的な何かを彼はつくった。これも理解できるがわからない。わからないというのは、私自身が、蟬や蛙や犬や猫や花や森や湖や川にある心めいた形に囲まれていたからだ。心めいた形だから蛙や湖が近くにいなくともよい。そしてこの心めいた形は、観測、分析、解釈といったことを拒否する。超越が傲慢だと言っているのではない。超越は辛いし、「つくる」はもっと辛い。人間は、傲慢で、醜くて、健気で、そして愛(いと)しいものだ。普遍と特殊という言い方にリアリティーがあろうとも思えぬが、膨張と収縮のまるっとした泡宇宙を感ずるうえで差別化は必要ない。超越傲慢は透明憧れと美しい弱さの裏返しを、観測分析解釈なき感応はだらしなく無様な横滑りを、深奥で留意すればそれでよい。

「生命とは何か（物理的にみた生細胞）」のシュレーディンガーが、「自分が十分に通暁していない問題については、ものを書かないというのが侵してはいけない掟だ。しかし、物笑いの種になる危険を冒しても、そうするより道がないことがある。」といったようなことをどこかで書いていた気がする。私が今書いていることはそれに類することだ。しかもこれ以上ない無知および粗いやりかたで。

たとえば、「西洋近代の誕生とルネサンス」というくくりの中でよく登場するイタリアのピコ＝デラ＝ミランドラ（１４６３〜１４９３）。彼の演説原稿「人間の尊厳について」の中に次のような言葉がある。

「おまえ（筆者註・アダムとイブのアダムのこと）は、いかなる束縛によりても制限されず、私がおまえにその手中に委ねたおまえの自由意志に従っておまえの本性を決定すべきである。」

絵に画いたようなルネサンス的文章だ。この文章は五十年後のカルヴァンを呼ぶ。そしてカルヴァンは利潤を呼ぶ。利潤とは神の祝福のしるし。カルヴィニズムの影響は大きい。イギリスのピューリタン、アメリカ建国へと続いていく。

古代ギリシャ文化の再生、ヒューマニズムは教会権力の否定なのか。そうではあるが違うと思う。私は日本火山列島からしかものを感じることのできない人間だが、キリスト教はそんなやわな宗教ではないと思う。パリ在住の竹下節子は、「西洋近代というアーキテクチャはキリスト教が否定されつつそのキリスト教が用意したもの」、「グローバルな社会とは、ある方向性を持った誰かに初期設定をされ、巧妙な利用規約を用意されている社会なのだ。」と言っている。ユダヤ教はあるすさまじさをもった宗教。パレスチナ、シナイ半島、岩肌、砂漠。人は追いつめられたら多神教ではやっていけない。キツネも神、イヌも神、ウサギも神（浦和のつきの宮社にはウサギの像がある）というのは、シベリヤから朝鮮半島から華南から南方諸島からそれぞれ来た人たちと、休息状態の火山列島の感受性のゆらぎだ。シナイ半島ではそんなこと言っていられない。一神教でなければ心も体も動けない。エジプトを出ることができない。ユダヤ教はすさまじい宗教。そして、イエス＝キリストはもっともっとすさまじい人間。イエスはユダヤ教からほぼ完璧に狭量さを無くした。あらゆる多神教よりも広さと深さを獲得した。人間存在にかかわる罪（原罪）をつぐなうこと（十字架）によって愛することと許すことを手に入れたユダヤ教はもう一神教であって一神教ではない。マタイ福音書「天の父は　悪い者の上にも良い者の上にも太陽を昇らせ　正しい者にも正しくない者にも雨を降らせてくださる」「ある親羊が、一匹の〈見失った子羊〉を心配して捜しまわっている、それにより　たとえ九九匹の羊を置き去りにすることになっても……」。明治期の日本人が、それも武士道をよく識っている日本人がキリスト教に惹かれたのは「自己犠牲」と「究極の許し」があったからだ。

キリスト教がギリシャ文化に触れて豊かになったのかどうかの問題。豊かになった、というのが定説だと思うがことはそう簡単ではない。射程長く本質的な問題。プラトンは西洋の祖、西洋そのもの、今現在も、だ。だからニーチェは必死に抵抗し、デリダは宙づりの果て回転し局面を曲面し続けた。プラトンの「イデア」は「理性」であり「神」であり「本質」であり「普遍」。つまり世界は流れるものではなく、もっときちんとしたものなのだ。現象界とイデア界の二元論。言ってしまえばイデアが本質の一元論。プラトンはきちんとしたかったのだ。厳密なものをたまらなく創りたかったのだ。ソクラテスも真理を語ったが、彼は創る人ではなく怪人だろう。アリストテレスは大哲学者だが創る人ではない。いいかげんさを含めた当時のギリシャの世情がプラトンをして創る人になさしめたと思うのだが、もう一つ気になるのがこの時代のユダヤ教のありさまだ。この時代ユダヤ教はすでに成立していたのだろうと思うが、プラトンとの関係はまったくなかったのか多少はあったのか。プラトンには大旅行した時期がある。その時に初期のユダヤ教と接する機会があったかもしれない。唯一絶対神「ヤハウェ」のイメージは「イデア」のイメージにかなり似ている。西洋の基層にかかわることで非常に気になる。プラトンとアウグスティヌスはかなり近いのだ。「イデアの世界―現実の世界」「神の国―地上の国」は変なふうにかなり近いのだ。教父たちはキリスト教の真理をプラトン哲学を用いて説明した、と　されているが「自己犠牲」と「究極の許し」が後にプラトン哲学をも飲みこんでしまったような気がしないでもない。

竹下節子はポストモダンの傾向には許し難いものがあるようだ。東洋の果ての火山列島には神としての理性なんてない。そして時間は円環している。西洋の時間は直線的だ。そして始まりと終わりがある〈天地創造と終末〈救済〉〉。火山列島の私たちにポストモダンは受け入れやすいのだ。フーコーのロゴス中心主義批判、ヒューマニズム批判、デリダの脱構築は大なり小なりプラトン批判、「神＝理性」批判、「創ること、あるいは創られたもの」批判が含まれているので、理解しているいないを別にして私たちにはふわっとした意味で受け入れやすいのだ。そこがおそらく竹下には許し難い。おそらく「根拠のない、傷つくことのない相対主義は最悪だ。」と考えているのだと思う。それはそれで竹下は正しいとも感じるが。

骨絡みの文章だ。もっと自由に書こう。新自由主義とは逆ベクトルの自由で。主語―述語の文章を書いてはいけないという倫理は強くもっているつもりだが、主語を使おう。「私」を使おう。「私」を使えば「私」は消える。醜く恥ずかしい「私」は立つ瀬なく裸足で逃げ出す。自十代の中頃、田山花袋を読んだ。浪漫の香りに触れ、ああこれが明治浪漫主義かと思った。自然主義だった。同じ頃、泉鏡花を読んだ。リアルな写実に触れ、ああこれが写実主義かと思った。怪奇幻想明治浪漫主義だった。後年、二人とも尾崎紅葉に師事していたことを知り、なんとなく納得したような気になったが、それとまあ同じ事だ。

骨絡みの文章、何を書くのか。キリストについてか、ランボーについてか、――違う。北極のシロクマ、フィンランド湾の夕陽、日本火山列島、南極ドレーク海峡、そしてモンマルトルからサクレ・クールへの通り雨について　だ。世界は、ただの浪漫とただの理性で溢(あふ)れている。

二〇一三年五月七日、朝日新聞夕刊に岩井克人・東大名誉教授のインタビュー記事が掲載されていた。岩井克人が高名な経済学者であることは知っている。しかし私は経済学について何も知らない。岩井の経済学上の見識についても知らない。だからこのインタビュー記事の内容についてどうこう言いたいのではない。ある記憶である。この記事から喚起されたある記憶である。前後左右振れながら記憶を進んでいく。

少し長くなるが、この記事での岩井克人の発言を引用する。

「お金と期待の関係は、資本主義の本質にかかわる問題です。三年ほど前にベルリンであった『貨幣とは何か』を討議する学際的な会議に招かれたが、ギリシャ古典の権威の学者の発表が興味深かった。テーマは『なぜ古代文明の中で、ギリシャだけが私たちに近いのか』。ギリシャ悲喜劇は現代人にも感動を与え、民主主義の原型も、哲学も、ギリシャでつくり出された。彼の答えは、公共的な討議の伝統でもアルファベットの使用でもなく『世界史で初めて本格的に貨幣を使った社会だった』というものでした」

「金銀の合金で造られていたギリシャの通貨の配合は、バラバラ。それでもどの通貨も、すべて1ドラクマという価値で流通していた。これが貨幣の本質です。つまり、モノとしてはバラバラなのに貨幣として一度流通すると、モノを超越した普遍的な価値を持ちます」

「なぜ貨幣は価値を持てるのか? 『他の人もそれを価値として受け取ってくれるはず』という『期待』に支えられているのです。貨幣経済が誕生したことが、古代ギリシャを普遍性を考える近代社会にしたのです」

「ギリシャ人は、貨幣を毎日使うことで、混沌(こんとん)とした現実を超越した普遍的な秩序が存在しうることを最初に見いだした。哲学や科学の起源につながる。また、貨幣を持てば人間は共同体的束縛から自由になる。自立した個人を前提とする民主主義を可能にする一方、個人の欲望と共同体の倫理を対立させる悲劇や喜劇を生み出した」

記憶自身が踊り続けるものだから記憶には果てがない。最初から記憶しかなかった。懐かしさしかなかった。三島由紀夫ではなく、意識すべきは保田與重郎だろうから胎内の記憶などとは言わぬ。始まりはチカチカする青い光と回るたくさんの星たち。一声も泣かないで生まれてきた子。ほんの少しの好奇心もまったくもたない子。

幼稚園の遠足は米軍キャンプ訪問だった。明るいアメリカ兵たちは、喜々としてかわいい男の子や女の子を抱きあげていた。私は一瞥(いちべつ)すらされなかった。雪の日、本屋さんがキンダーブックを届けてくれるのだけが楽しみだった。

舞鶴の興安丸。街に溢れる傷痍(しょうい)軍人。ＮＨＫ「尋ね人の時間です」。そして、私を射抜く着飾った女たちの挑むような眼。

一九五二年四月九日。日航機「木星号」大島三原山に墜落。五歳の時だった。翌日の新聞には機体の残骸と、それを囲むように横たわる多くの犠牲者たちの写真。私は母にこう言った。「ねえ、なんでみんな寝てるの」。嫌われたくなかった。母は私のすべてだった。絶対に幼児らしくふるまおうと思った。醜い子だった。そして母は毛皮のないマリーだった。「上海帰りのリル」のメロディーに浮かぶマッカーサーの顔。

醜さは続く。私は勉強のできる子供だった。腺病質で欠席がちだったが小学校の成績はほとんど「5」であった。「ストラトクルーザー」がもともとは「B29」だということも知っていた。得意だったのは算数である。鶴亀算や列車算は問題を見るだけでワクワクした。算数とは学問ではない。「芸」である。よく言えば「芸道」だ。列車算を列車算として解くのは面白くない。列車算をたとえば流水算、あるいは流水算の変形で解く、というのが面白い。それが図形を含めた算数の醍醐味だ。校庭の片隅。雨が降っている。それを見ている。水がたまる。溢(あふ)れて流れはじめる。流れた水が土を削り水と土が一体になる。見ている私も水や土と一体になる。それを分析などせず風景として見れば、水と土は「無機の情のかけら」だ。だから鶴亀算は「芸道」であり「情のかけら」だ。北原白秋や石川啄木の詩を暗記するのも楽しかったが算数より好きだったのは社会科。地図を見る。あちこちの街を見る。札幌の街に時計台があり、公園があり、そこを川が流れ、小さな山があり、たくさんの人たちが歩いている、それを想像するだけでやはりワクワクした。名古屋や広島の街。そして港。忙しそうな人々。軒を連ねざわめく商店。魚屋の前の猫。吠える犬。限りなく広がる様々なイメージ。

キューバ革命の年の四月に中学生になった。成績はよかった。しかし、予想もしなかった影が出てきたのである。腺病質からくる影ではない。「数学」と「英語」という影である。私にとって算数と数学はまったく違うものだった。ベクトルが逆だった。xとyが許せない。5xというやり方がある。5xのxに2を代入すると10、というやつだ。5x＝10の場合x＝2というのも同じ。私はこれについていけなかった。混乱した。まったくわからなかった。だってxはxだし2は2だ。勝手に、xに2を代入すると、あるいは、xを2とすると、なんてやっていいものなのか。やり方が卑怯ではないか。xに対しても2に対しても失礼だ。失礼なやり方をしてはいけない。だから5x＝10の10は嘘の10だ。当時私はそう感じていた。確かに愚かものである。しかし正直に申せば、いまでもそのことは色濃く残っている。方程式がわからない。公式というやり方がわからない。つまり、法則・法則性、規定といった概念がまるでわからないのだ。規定などしたら事物に対して失礼、あるいは傲慢になるのではないだろうか。算数は心が自在だった。どこまでも飛んでいけた。魂が宇宙の果てまで飛翔する。それが算数だった。数学は我慢そして我慢。75点を取ればそれでよかった。もちろん、数学が悪いのではなく私が愚かなだけの話だが、数学は人類が創りあげた壮大なトリック・まやかし、という感を、あれから五十五年経った今でも拭うことができないでいる。

もっと大きな影が「英語」であった。最初に気になったのは習字・書道についてである。英語で書道をする時はどうやるのだろうか。日本語の場合だったらそれなりにわかる。「馬」と書く。これは馬との応答だ。「馬」は象形だからより真摯に書かねばならぬ。書道は倫理。言挙げする気恥ずかしさと、ある種の申しわけなさを馬に伝え、馬の許しを乞わなければならない。そして、たてがみが風に揺れたら無の全力という矛盾を我身に引きつけ「馬」と書く。よく宿題に出される「天地の光」も同じだ。「天・地・光」よりむしろ「の」が大切。「の」は平仮名だから単なる記号、と考えてはいけない。片仮名「ノ」もそうだが、「の」には「乃」のたたずまいがある。「乃」のたたずまいをおろそかにして「天地の光」はない。「です」と書く書道はあまりないだろうがこれも同じ。「です」は「てす」であり「天寸」。濁音濁点は断定に対するゆらぎ、もしくは香り。ドイツ在住の詩人、四元康祐が言うところの分泌性。日本語の本質は主語述語ではなく分泌性としての助詞助動詞。だから日本語の文章では助詞助動詞の配置が極めて大切なのだ。機会的あるいは機械的に配置してよいものではない。主語述語がねじれようが、文章の主旨が逆になろうが、死にものぐるいで助詞助動詞の処遇を感じなければならない。いまの私には体力がなく、処遇を感じることができず、骨絡みの文章しか書けないが。日本語はロゴスではない。日本語は淡く透明な絵画である。

　中学生の自身に戻ろう。英語で書道をする時はどうやるのだろうか。イメージがまったく浮かんでこなかった。毛筆で、左から右へ、I am a boy。どうもおかしい、というかかなりおかしい。悩んだ。しかし、次にもっと大きな違和感。語順である。I am a boy（私は　です　一人の　少年）。「私は　一人の　少年　です」の日本語とはだいぶ違う。月で犬が餅をついている、くらいびっくりした。am（です）の存在が大きすぎるのだ。断定の急ぎすぎ。春の雨は小磯の桜貝を濡らすのではなかったのか。「私は少年」と書けば済むところだ。大切なのは「am」ではなく「は」。その「は」もない。（「I」の内に含まれている?）。当時の自分にとって名状しがたい違和感だった。「am」は「be」。考えてみればこれがbe動詞のすごさなのだろうか。「be」は「である・です」の断定だが、第一義的には「ある・存在する」。「am」はアルファベットの、英語の肝だったのだ。その英語の肝に愚かで幼い私は強い不信感をもった。短歌に執着していたからである。「寂しさはその色としもなかりけりまき立つ山の秋の夕暮れ」（新古今集・寂蓮法師）、あるいは「見渡せば花ももみぢもなかりけり浦のとまやの秋の夕暮れ」（新古今集・藤原定家）。一首目。「その色としもなかりけり」。「その」は、そのでなく、「の」は助詞。「色」は、秋の色でなくすべての現象のこと。「し」は副助詞。

「も」は係助詞。全体として「(すべての現象がそこに在りそして無い)一つの決められた現象かたちゆえからではない。」の意。「まき立つ山」も「常盤木のはえている山」でなく「常盤木のはえているように見える山」だ。二首目。この極めて有名な歌はこのまま。ただ、少し色気がありすぎる。「花」と「もみぢ」の語のたたずまいが、「なかりけり」を深化させていない。「花」と「もみぢ」が艶（つや）やかすぎて「なかりけり」の立つ瀬がない。貴族の手遊（てすさ）びとまではもちろん言わぬが定家の華やかすぎる癖だろう。be動詞の話だ。英語の肝の話だ。短歌に執着していた私は英語の勉強にすんなり入ることができなかった。まったくできなかった。だって「その色としもなかりけり」「花ももみぢもなかりけり」、なかりけりなのだから。そこにbe動詞が来た。be動詞はなかりけりではない。「ある・存在する」である。日本の理性ではなくロゴスとしての理性である。当時の私に英語を勉強する選択肢はなかった。日本土着の愚かもの、と罵倒されても仕方がない。甘んじるしかない。今も昔も、広い心を持っているつもりだが、好奇心を一切もっていないのだから。中学生・高校生にとって致命的なのだろうがこうして私は「数学」と「英語」を失った。

　幾つになっても上滑りな文章しか書けぬ私だが、先（さつき）このような語句が頭を過（よぎ）った。アルファベットとフランスベッドである。自分はどれほどものが見えない人間なのか、を表すために「アルファベットとフランスベッドの違いもわからない私だが……」と書こうとしたのである。瞬時に止（や）めた。アルファベットに失礼だから。ギリシャに失礼だから。場合によってはフランスペッドにも失礼にあたるかもしれない。

右のこととは関係ないが、差別構造を孕む孕まない、というのは難しいことだ。「理念」や「美意識」が差別構造を孕むことがある。そして、「私が責任をもつ」という澄んだ水のような決意にも、「許す」という言葉にも、「雨にうたれる」という心にも差別構造は忍びよる。世界にはいろいろな言語があるが、日本語の文脈で言えば、春愁の極北、焼けつくような寂しさの内に身をおくことが必要なのかもしれない。

ＮＥＣが国産初の大型電子計算機を発表した年の四月に高校生になった。高校生の私はいまの私である。五十年以上経っているが髪の毛一本ほども変化していない。本もほとんど読んでいない。一九五〇年代の記憶が切手のように貼りついている。この切手がどこまで届くかポストまで歩いている途中だ。でき得れば西暦三〇〇〇年のどこか遠くの街まで届きたい。怠けもののつもりはない。懐古主義ではもちろんない。意地でもない。自己憐憫だって？　冗談言ってもらっては困る。自己憐憫は自意識がある場合だろう。私の自意識はとうの昔に壊れてしまっている。舞踏。踊りたい。踊り続けたい。天など覗かず、大地に足を着けず、中空を、がらんどうを踊り続けたい。まだ、どこかで、古川杏子が踊っているのが見える。

アトランダムに書こう。もとより構想力などゼロなのだ。高校入学から半年、私の学業成績は普通だった。特に悪くはなかった。それがケネディ・フルシチョフのキューバ危機のあたりから急降下。卒業するまで、どんじり近くが栄光の定位置となる。ただのどんじりではない。

そのあまりにひどいどんじりぶりは、創立一〇〇年を超すこの高校の歴史で突出していただろう。ほぼ毎日登校した。生徒会をやっていた。新聞部もやっていた。朝のＨＲの出欠席、「はい」と明るく返事をして図書館へ直行。七時間の集中読書。そして放課後、夜遅くまで生徒会と新聞部。つじつま合わせの三学期、授業に出る。先生が私を指すことはなかった。ただ、近くまで来てこう言った。「新木、頼むから教科書くらい買ってくれ」。五十年の昔、よい時代だったのだろう。先生たちに文字通りの憐憫の情があったというべきか。「遠くまで行くんだ…」の一、二、五号に掲載した駄文の一部はこの時のものだ。

人から聞いた話で真偽のほどは不明だが、犬は自分の子供を一匹二匹三匹四匹と数えることができないらしい。一匹とあとはたくさんになってしまうみたいだ。犬のことを貶（おとし）めているのではない。感性が私と似ているからだ。私は「5x＝10の場合x＝2」、「amの過去形はwas」ということが基本的に理解できない高校生だった。抽象とか、普遍とか、普遍妥当性とかがよくわからないのである。特殊という言葉が好きなわけではもちろんない。普遍と特殊の対比ということ自体がわからない。「時間・空間を超越してどんな場合にも真理として承認される……」というやり方はプラトン的あるいはデカルト的のように感じるが、それは神がかりな真摯で必死な欲望に裏打ちされた傲慢ではないのか。神がかりな真摯で必死な欲望に裏打ちされた許しややさしさは本当の許しややさしさではない。後期荘子のだらしない宿命論と同じではないかと言われそうだが、私の言いたいのはそういうことではない。神がかりな真摯で必死な欲望、弱さとしての人間原理は向こう千年を待たずして人類を変質させてしまうだろうということである。私はアダムとイブがいとおしい。震える世界。震えるＦ・ベーコンの脊柱。遠州の海は普遍「海」なのか。特殊「遠州灘」なのか。人の情を別にすればどちらでもよいと思う。むろん波の研究とか潮の研究の話ではない。西田幾多郎に依拠する気はさらさらないが、瞬時、「遠州灘とされるもの」と「私とされるもの」の混沌はやはりあるものなのだ。量子レベルの混沌などと言うと半ば以上嘘になるが、具象と抽象はそんなに違うものなのか。「５」とか「x」はそれほどすごいものなのか。愚かな犬とか愚かな私を救いたいわけではない。五感をどう感じるかの問題にもなるが具象とは仮象でもある。仮象の具象を抽象することの意味を私はよくわからない。犬や私が見ているのは抽象だ。具象という名の抽象だ。形・姿を具えているように見える共通なある何物かだ。

　日本語は逃げ水なのだ。日本語は話し手や書き手から逃げるのだ。比類なき猛スピードで逃げるのだ。量子の動きと似ている。量子の世界で言う「状態の重ね合わせ現象」。定まらないこと。原子核の崩壊する状態と崩壊しない状態が定まらず同時に存在すること。外部環境に乱された瞬間にこの現象は消えてしまう。「観測行為」は乱すものの一つ。だから量子コンピューターは既存のコンピューターに比べて融通無碍とも言える。「１か０か」ではなく「１でもあり０でもある」なのだから。ヒュー・エヴェレット（１９３０～１９８２）はアメリカの物理学者。アインシュタインを凌ぐ天才といわれていたらしい。そのエヴェレットに「二重小穴実験」と呼ばれるものがある。強い遮蔽板（AとBという同じ大きさの二つの小さな穴があいている）に向かって、電子波としても粒子としても不規則に重なりその存在のありようもＡＢどちらの小穴を通るかわからない電子を飛ばす。小さな穴Aで電子を認識（観測）した自分と小さな穴Bで電子を認識（観測）した自分（※観測者も量子系）。この実験では認識（観測）後に世界の存在が分かれるのだ。もちろん二人の自分はそのことを認知できない。ある種の多世界論である。日本語はこの電子の動きと似ている。

ただ、量子力学に依拠しようなどという気持ちは毛頭ない。失礼な話かもしれないが、神に依拠しようとも思わない。相対主義者でも絶対主義者でもない。気になるのは安易な反西洋姿勢である。デリダ等の発想の一部、量子力学、アインシュタインの発想をごちゃごちゃにリンクさせて、西洋、特にデカルト、ニュートンを批判するそのやり方である。確かに西洋的方法の限界は顕在化しているが、そのやり方は態度として間違っている。形容詞を形容詞で叩いたって意味はない。安易すぎる。人のことを言えた義理ではないが。

日本語は逃げ水なのだ。例えば「雨」を表す言い方が何十通りもあるからではない。「雨」と口に出すこと、それ以上に「雨」と記すことがたまらなく辛いのだ。日本語にはそういうところがある。私は十代の一時期を除いて人前で自分の意見を述べることが苦手だ。自分の意見を言っている、という罪の意識を感じてしまう。言葉を発している、という罪の意識を感じてしまう。私だって藤本二三代の「祇園小唄」だけ聴いて育ったわけではない。それ以上にジョニー・ソマーズ「ワン・ボーイ」、ブライアン・ハイランド「ビキニスタイルのお嬢さん」に夢中になった。不謹慎な言い方だがジョニーの歌声は六〇年安保への意識を高めた。この罪の意識は何なのだろうか。自信がないからではない。まわりに気をつかうからでもない。もっと不謹慎な言い方をすれば授業にはそれなりの自信がある。そしてまわりに気をつかうほど人間ができてはいない。とにかく、自分が言葉を発している、自分が言葉を記しているということに強い嫌悪、おぞましさ、気恥ずかしさを感じてしまうのだ。いわゆる上昇志向に対する嫌悪感と似ている。

アフリカから遠く離れる。いくつかの欲望の変化がある。大陸から、半島から、シベリアから、そして南アジア熱帯雨林からモンスーン・潮に乗って火山列島へ。風景の発見と風景からの発見。日本語は定住農業の影響が大きいと思うが、今感じているのは定住農業以前のこと。風景の発見も近代の風景の発見とはまったく位相が違う。山がある。森がある。原野がある。湖がある。川がある。海が見える。様々な雨が降る。淡い霧が流れる。森が揺れる。湖が揺れる。川が揺れる。風が吹く。森や湖や川たちが言葉から、言葉のロゴスから身をそらせたのかもしれない。人々も、人間たちもそのことが理解できた。だから人々も言葉たちも静かにロゴスから身をそらせた。それが森や湖や川たちの揺れ、人々の心の揺れを守る唯一の道だった。日本語はロゴスではない。創ることを拒否してある種の清潔感を守ろうとした言語だ。長い長いあいだ文字言語がなかったのはごく自然のことだったのだ。したがって言葉を発するのはつらいことだったし、まして日本語で文章を書くということは、全身が八つ裂きになるくらい苦しくて辛いことだったのだ。だから手放せない。夢想妄想の類(たぐい)を書いてしまって申しわけないが日本語はやはり限りなく微妙である。支配—被支配—言語、と考えるのが正しいのかもしれないが、考えるという行為は「微妙」を遠ざける。

「日本語、途方もなく自由だった」。これは最近、詩集「日本語の虜囚」で鮎川信夫賞を受けた四元康祐の言葉である。私は四元のように、「いったんつくった詩の各文字を子音と母音に分解し、違う子音や違う母音で詩を紡ぐ」などということにとりわけ興味があるわけではないが、彼の言葉にはいくつかのことを感じる。彼が詩的実験を通して発見したのは、日本語が持つ「途方もない融通無碍な自由さ」だという。「非論理的なものも『てにをは』がつなげてしまうなど意味を超えて感情を喚起する、ある種の分泌性がある」。「(日本語を操る我々にも)つじつまが合わないものを受け入れ、そこに美や叙情を感じる性質がある」。「言語を超えた歌や祈り、予言といった呪術的な力。そこのレベルで共有され、翻訳不能なのになぜか伝わるのが本当の意味での普遍的な詩」。――その通りだと思う。日本語の原型、アジア熱帯雨林、高床式、モンスーン、正倉院、これらから列島の言語を考えることは大切だが、そうでないやり方も確かにあるのだ。「てにをは」は羅針盤。主役としての羅針盤。「主語」や「意味」などどうでもよいこと。原稿用紙のどこにどの「てにをは」を配置するかは文字通り命懸けの問題。「在る」「存在」の根本にかかわることだ。一ミリでもズレたら宇宙の果て、あるいは人間の心の果てまで届かない。「融通無碍な自由さ」は、「強いられた自在さ」と言ったほうがよいだろう。日本語は存在から強いられている。「ある種の分泌性がある」の分泌性だが、たしかに宇宙は分泌性に満ちてはいるが、ここは少し注意を要する。人工的措定なき刹那の時。懐かしき関係性と遥かな寂寞。分泌性とは、皮膚・境界をはみだした清聖冽な寂寞のことなのだ。「みんな自分自分の沈黙と孤独に帰ることだ」。小樽の伊藤整の言葉だが、この言葉の隣には、冬の北アルプス涸沢カールで、雪に埋もれて片足で立つ一羽の鶴がいる。そして、その鶴のイメージは、高取英「月蝕歌劇団」の凄艶な緊縛シーン（花と蛇）に重なる。日本語は、緊縛によって傲慢に足を抄(すく)われることなく究極の自在を手に入れることができたのだ。

四元は言う。「翻訳不能なのになぜか伝わるのが本当の意味で普遍的な詩」。このあたりは私にはわからない。普遍、特殊といった概念がわからない。だいたい、「概念」という概念がよくわからない。長いあいだ、私にとって「日本の哲学」とは「和歌」のことであった。だからといって西洋を毛嫌いはせぬ。唐突だが、東京駅に行くと辰野隆を想いだす。そして、「雨さえ降れば心がなごむのだ」というエッセイの一節が浮かんでくる。東京にも雨は降る。パリにも雨は降る。一九二二年、雨のパリにどんな風が吹いていたのだろうか。モンマルトルからサクレ・クール寺院へ抜けると、小雨に煙るパリの街が簫(しょう)として佇(たたず)んでいたのだろうか。日本浪曼派に惹(ひ)かれるということは西洋に惹かれるということだ。「俳句はあらゆる東洋的文化の最後の花である」としたR・H・ブライスの言葉を歓迎することでは決してない。ナルシシズムという言い方がある。自己執着という言い方がある。自己陶酔という言い方がある。自己憐憫という言い方がある。自己撞着という言い方がある。「ナルシシズムや自己執着は、醜い自己陶酔や自己憐憫を呼び、最終的には自己撞着に陥る」、とでも使うのか。客観性に満ち、淡々と突き離したような文章に、意外とこれらが漂っていることがある。ナルシシズム等では日本語が逃げないのだ。逃げるべき日本語が逃げてくれないのだ。寂寞が境界をはみださないと言ってもよい。既視感が恍惚に、恍惚が寂寞になる。最高感度のナルシシズムがあるとしてここまで。日本語は逃げない。寂寞の先には、「存在」にかかわる強いられた風景があり、そこを抜けると存在そのものの流れがある。言葉が逃げはじめる。足場なく、終わりもない舞踏の開演だ。四元の言う、「意味を超えた世界」、「日本語という魔物を危険な領域まで探索」とは簡単なことではない。「私」、「私は私」、「私の感性」、つまり「所有」あるいは「所有感」というやつをぐじゃぐじゃにしてしまうからだ。だって、寂寞は境界をはみだして「存在」にかかわる強いられた風景にいくのだから。主語の必要がない日本語には強い分泌性があるのだから。無間地獄の果てなき舞踏という他ない。

今、岩井克人教授のインタビュー記事について書いている。この記事中のギリシャ古典学者の発表について、と言ってもよい。この発表に様々なことを喚起させられた。だってこれでは私はまるで拗ね者だ。「適応できないお前が悪い」と言われてしまう。古典学者の発表に私の幼児性が触れた。幼児性の悲鳴だ。「日本人は十二、三歳の子供だ」とマッカーサーは言ったのだからそれに従おう。一九五二年日航機木星号三原山墜落からナルシシズム満載で書いてきたつもりだ。

高校時代の続き。中学の中頃から、特に六〇年安保の頃から、私は毛皮なきマリーと決定的に対立した。母は穏やかで、地味で、人の悪口を決して言わず、礼儀正しく、上滑りでなく、生活の向上などと間違っても言わず、質素で慎み深かった。しかし、母が母である故の対立というのはやはりある。ギリシャで初めて本格的に造られたという「お金」についてである。私には「お金」というものがよくわからなかった。今でもわからない。お金があるとパンが買えるということが、理屈はともかくとして実感としてまるでわからない。お金をたくさんもっている人が世間からもてはやされ、もっていない人は下を向いて歩きがち。そのことがわからない。わからないというより、「これは絶対にいけないことだ。人として許せないことだ。」と思った。和歌や泉鏡花とは関係ない。「お金で人生が左右されたら、それは人の世ではない。」という感覚である。中学時代のことだから、何もわかっていないと言わずに勘弁してほしい。母はそんな私を心配したのだろう。「お金は大切なもの。お金がなければ生活できない。」と言った。「お金なんかより大切なものがある。お金はいい人たちを狂わせる。」私は反発した。強く反発した。親を殴ることはできないから、鏡台、障子、食器などをめちゃめちゃに壊して私は怒った。家庭内暴力の先駆けかもしれない。ガキのいい気な、あるいはだらしなく無責任な反発だ。母の言い分は変わらなかった。わが親ながら立派だったと思う。口を聞かなくなった。あまり家に帰らなくなった。それが長いあいだ続いた。母に平穏が訪れることは死ぬまでなかった。己が器の小さすぎる人間であったために私は母の墓には入れない。墓の中で、今度は永遠に、お金をめぐる親子喧嘩を繰り広げるのは母だって厭だろう。母から見えない、どこか遠くの雑草の下にでも往くのが親孝行というものだ。

私には「お金」というものがよくわからない。お金が人間の欲望とこうまで結びついてしまう、ということがよくわからない。お金には普遍的な価値があるのだろうが、私にとって千円札はその一枚一枚が違う。百円硬貨もそうだ。一つ一つが違う。何が違うのか。一枚一枚一つ一つのたたずまいが違うのである。たたずまいとは何か。それは息吹だ。それぞれの息遣いだ。長くなるからこれ以上は書かない。そして「たたずまい」はある差別性の危険を孕(はら)む。その時「本物でない似非普遍」は逆の方向から差別を強力に後押しする。「たたずまい」がウソなら「絶対」はもっとウソなのだ。グローバルが貧困や差別を生むのは偶然ではない。「たたずまい」から「絶対」に逃げこんではならぬ。これは人類最大の陥穽だ。価値とは何なのか。モノを超越した普遍的価値とは何なのか。私は価値という言葉に惹(ひ)かれたことはないが、たとえば猫である。道で人と猫がすれ違う。互いの目と目があう時の微妙。人が「どこへ行くの」と訊く。猫が「ニャー」と答える。この、目と目があう微妙を価値とは言わないのだろうか。この上なく大切なことと私には思えるのだが。気弱に言っているつもりはない。上へ上へ、高く高くの方が、ある致命的なあせりを伴う弱い発想だと思う。

限界が近づいた西洋。土俵から前のめりに飛び出してしまいそうな西洋。その西洋を、既に崩壊してしまった東洋の残骸が、背中を反らしながら爪先だけで支えている。そんなふうにも見える。しかし、ことはそれほど楽観的ではないのだろう。西洋も東洋もない。人類は霞の中だ。メガネ型端末がもっと奥まで進まない、という保証はない。資源開発競争は火星まで手が届きそうな勢いだ。秩序と欲望が手に手を取って歌っている。三千年紀、生き物としての人類の切なさと艶めきの影はなく、辛うじてシステムだけが動いている。人類とは切なくて艶やかな存在だ。なんとしても艶やかな切なさを守り抜きたい。

ただの浪漫とただの理性がそこにころがっている。ただころがっている。北極を追われたシロクマは、きゃりーぱみゅぱみゅといっしょに世界をまわり続けねばならぬ。蛇足は書くまい。揺曳（ようえい）するきゃりーの波動は魅力的だ。原宿後の彼女に、北欧の小雨濡れる風景はよく似合う。意匠としてのぶらさがった歯とパチパチつけまは心に風を流す。氷雪なきシロクマは、今、この瞬間のきゃりーと踊り続けるしかない。

昔、定時制高校の教員をしていたことがある。夜の世界である。川上弘美「七夜物語」の世界である。十六年間いた。短い教員生活のほぼ4／5だ。私にとって定時制とは、偏差値70などを本質的に超えた最高の「実存」の空間だった。心やさしい最高の生徒たちがそこにはいてくれた。なにものにも換え難い場所であった。あちこちの定時制を訪ねて歩いた。あるイメージ。私には、根源的な人間の希求が透明に溢（あふ）れている、と感じられるたたずまいを記してこの拙稿を終えたい。そして、傲慢な望みではあるが、ひそやかな、凛とした、微かな、懐かしい、希求を捨てることなき魂たちとともに、一ミリでも半歩でも進んで行きたい。

自意識が軋（きし）んでいる。増殖変形しながら軋んでいる。

夏休みは約四〇日ある。かなり長い。その間、彼女は一歩も家から出なかった。自分の部屋から出なかった。窓は全部閉めきっている。クーラーのためではなく、「クーラーがあってもなくても窓は全部閉めきる」と彼女は言う。風景が面倒なのだ。彼女は新聞をよく読む。テレビもよく見る。パソコンも使う。だから世の中のことをかなり識っている。逆に言えば、彼女は新聞を読み、テレビを見ることしかしない。紙の中、あるいはパソコン画面の中の社会以外はすべてうざいのだ。

空気が重い。重い空気の中にある自分の体と頭はもっと重い。動くのが嫌だ。何かと一緒になるのが嫌だ。とりわけ朝が嫌だ。朝のあの太陽の光。恐しい。チルチルミチル「青い鳥」の邪悪。えげつない、図々しい、大仰な朝の太陽。歯医者の、キーンという治療器具と同じ光。朝の光は無神経。鈍。どんなに手を洗っても、どんなに体を洗っても、朝の不潔さは決しておちない。

朝とともに人は目覚め、環状線はあっというまに人で埋まる。そんなおぞましい朝をどうにかして駆逐したかった――彼女は話し続ける。朝の光、朝の騒(ざわ)めきそのものが人間をここまで追いこんだ。人間をここまでダメにした。人は罪を悔いて昼眠り、夜ひっそりと生息するべきだ。朝は常に光なく、やわらかな霧雨が降っているにこしたことはない。

朝を駆逐するにはどうしたらよい。彼女は考えた。これはけっこう簡単なことだ。家に入り、部屋に入り、鍵をかけ、毛布を被(かぶ)り、布団を被り、そして枕を縦(盾)にして頭を隠す。完璧だ。朝の邪悪な光はもう入ってこられない。目を覚ますのは夕方。夕陽はいい。夕陽は何よりも人間、いや生き物に対する礼儀を識っている。無神経じゃない。そして、なによりも、夕間暮れの最後は限りなく色っぽい。

もう夜だ。自由に動ける夜だ。社会は、世間は、テレビやパソコンの中にある。伸びやかな運動や、軽い興奮や、悲劇や喜劇も画面の中にある。何だってできる。どこへだって行ける。誰とだって話せる。人間に体温や肉体なんていらない。人間という名の体温や、身体や、においや、わけのわからない動作にどう対処していいかわからない。そんな不気味なものに太陽の下で出会ったら、「わぁーっ」と叫んで逃げるしかないじゃないの。

人は彼女を怠惰というだろう。弱虫というかもしれない。負け犬というかもしれない。しかし、そんなことは彼女自身が充分識っている。指摘に意味はない。識っていてどうにかなる、どうにかする、というのはそういう意志がある場合だ。渦中における究極の態度あるいはポーズに裏打ちされた意志。それは人間の、かなり本質的なエネルギーだから悪いとは言わないが、彼女の怠惰と比べてそんなに優れているとも思えない。これは彼女の意識とまったく関係のないことだが、空気はやはり重いのだ。軽くて重いのだ。いやらしく、えげつなく、無神経に水膨れしている。そして、滑って滑って滑りまくっている。うすっぺらな戦略や、底の割れた認識で「個」という言葉を使うべきではない。そこにいることの恥ずかしさやきまりのわるさを識ることのほうが先だろう。

彼女の特技は「かたづけ」である。「かたづけ」といっても整理整頓ではない。「かたづけ」とは、彼女の身体のまわり約七十センチから八十センチの範囲の中でのことである。つまり、彼女の机の上、本の位置、ボールペンの位置、ライターの位置、コーヒーカップの位置等々のことである。彼女はこれらのことに厳密だ。限りなく厳密だ。たとえば――自分の右に積んである本は三冊。二冊や四冊ではいけない。積む場所は机上の此所、と一ミリの誤差なく決まっている。左に積む本の場所もミリ単位で決まっているが、三冊ではダメで必ず五冊。六冊や七冊ではもちろんいけない。ライターは右ななめ前方に置く。置き方はまっすぐでなく、左十五度にかたむけて置く。コーヒーカップは左ななめ前方に置くが、右のライターより四センチ手前でなければならない。スプーンの位置・角度もカップの向きも当然決まっている。煙草・灰皿の場所も位置・角度とも決まっている（彼女は成人）。そして、煙草を吸い吹かすその煙の角度、ゆらぎの方向性まで厳として決まっているのだ。彼女の身体八十センチ以内のありとあらゆるものは、すべて位置・角度とも決まっている。私は彼女に、「そんなに厳密にやって疲れないか」と聞いたことがある。彼女は答えた。「死ぬほど疲れる。でもこうしないと自分が自分でなくなる」。彼女にとってこれはギリギリのバリケードなのだ。朝の太陽が無神経な光を投げている時、彼女はもちろん眠っているが、朝の光のえげつなさを識ってしまった以上、身体から八十センチのバリケードを築かなければ彼女は彼女として動くことができないのだ。夜、自分が動く時間、自分の観念が動ける時間、どんなに精妙なゲームのキャラクターよりも、もっともっと精妙な自分というキャラを、彼女はミリの努力の末、やっとのことで創り出す。途方もない怠惰を、ミリ単位の死にもの狂いの努力が辛うじて支えている。

（２０１３年５月　書き下ろし）

結

今、病院にいる。大きな病気の、末期と言うことで、ベッドの上に転がっている。すでに口述筆記しか出来ぬので、文章の全体像が何も摑めない。しかし、記したいことのいくつかを辛うじてでも、記したく思う。

先年、葬式があった。元の私の生徒で、気立ての優しい四十代半ばの男性であった。スケールの大きな男性で、思い出も尽きなかった。最後に、彼の親友たちが御遺体を拝みに行った。その中に、二、三歳若い女性が一人いた。亡くなった人の、後輩の奥さんである。二人共、私の生徒であった。私は御遺体の前に進むのをやや躊躇った。長い間に、いろいろなことがあったのだ。簡単に御遺体の前に、すっと出るにはいかないではないか。その時、私の背中が指で軽く押された様な気がした。後輩の奥さんの指であった。その指はこう言っていた。「逃げてはだめだ。お前はゆっくり、きちんと、彼の顔を見よ。それがお前の責任だ。」私は前進し、彼の顔をしっかりと見つめた。今から約三十年前、私は、その後輩の奥さんが少女の頃、学校を辞める辞めないで、話し合いを持ったことがある。気立てのよい少女は、より本質的な存在になっていたことを、その時私は強く感じた。

ヤンキー万才とは言わないが、ヤンキーを考えると言うことは、それ程簡単なことではない。私は、十六年間の定時制高校生活の中でそれを深く学んだ。

エマニュエル・トッドのことはよく知らない。私に分析は出来ないし、予言などしようとも思わない。しかし、どこかで少し似ている様にも感じる。それは、経済的合理性、利益率で物を考える様な世界への反発だ。この経済的合理性が、人類最後の信仰だとしたら、何という情けない話であろうか。西洋思想の危機感は、限りなく深い。東洋思想の危機感は、危機を危機として感じられぬが故にもっと深い。思想の優位性の問題ではない。私は相対主義者ではないが、優位性とは不足感ある妙な言葉だ。そこにあるのは、今現在の人類の思想としてのみあらわれる。ぼろぼろになった東洋思想が、一見跳ねている西洋思想を、ある根本的な所で支えている。逆ではない。

（2016年3月）

『天使の誘惑』に寄せて

小田　光雄

ここに、ようやくというべき言葉をまずは記すしかないのだが、新木正人の作品集を提出することができて、とてもうれしい。

その解説者として、私がふさわしいと自認できる立場にはないけれど、それに至った簡略な経緯を先に述べておこう。

私は、『日本古書通信』で「古本屋散策」という長きにわたる連載をしていて、たまたま2004年に続けて『試行』の寄稿者だった矢島輝夫がポルノ小説家として亡くなったことに言及した。そのことから矢島の追悼集を入手したところ、そこに二十歳の頃に愛読していた自費刊行物の哲学的散文、思索ノートといっていい『歩行に関する仮説的ノート』の著者、倉田良成の名前を見出したのである。

それに触発され、倉田についても書き、やはり同時代に読んでいた新木正人にもふれ、彼の作品集も編んでみたいと記しておいた。すると倉田から便りがあり、その後の消息などもしたためられ、新木の名前も懐かしいと書かれていた。また旧知の田谷満からも連絡があり、新木とは親しいので、一緒に一度会わないかという提案ももたらされた。そのような経緯で新木と会うことになり、作品集の刊行を具体化させていったわけだが、新たな書き下ろしを何編か加えるというコンセプトのために、新木の個人的事情も相俟って遅れてしまったことになる。その間に旧稿のデータ化は新木の長年の友人である金子知樹が進めてくれていて、今回の単行本化、その調整と進行は彼の助力に大きくよっている。このような始まりとプロセスを踏まえ、解説もどきの一文を書いてみる。

私たちの世代は擾乱に充ち、様々な倒錯の色彩に溢れている。ここでいう私たちの世代とは、新木正人や私なども含む戦後のアメリカ占領下に生まれた子どもたち、すなわちオキュパイド・ジャパン・ベイビーズを意味している。

この世代は、大東亜戦争下に生まれ、一九六〇年代を迎えた人々と異なり、母の胎内にあって、敗戦と占領のメロディを聴き、高度成長期とともに歩むことを宿命づけられた。それらの擾乱がもたらす戦後の状況の中で、オキュパイド・ジャパン・ベイビーズは風俗的にはアメリカニズム、観念的にはマルクシズムに引き裂かれて、六〇年代から七〇年代へと至り、かつて日本史上において経験したことのない高度資本主義消費社会と遭遇することになる。

それに学生運動と文学の時代が交錯し、併走していた。今になって思えば、何と多くのセクト系機関誌、同人誌、リトルマガジンなどが出されていたことだろうか。それらは全国各地に点在するインディーズ系雑誌流通販売網としての書店や古本屋に置かれ、読者へと届けられていた。新木正人にしても、いってみれば、そのようなリトルマガジン状況の中に措かれていたし、それは同時代の無数の貌も定かでない表現者たちも同様であった。

　こうしたリトルマガジン刊行ムーブメントに関して、個人的なポジションを示しておけば、私はタイプ印刷の同人誌を経験した最後の世代に属している。実際にいくつもの同人誌に携わってきたし、また周辺からも多くの同人誌が刊行されていた。だがそのような時代はおそらく七〇年代で終焉したと考えられる。もちろん現在でも同人誌などは出されているけれども、ITインフラの整備と普及によって、一部の短歌や俳句の結社誌を除き、それらを取り巻く社会環境と状況そのものがまったく変わってしまったのだ。

　現在のメールマガジンや電子雑誌の流通販売と異なり、当時の同人誌の発行部数は数百部、著名なリトルマガジンにしても、数千部にすぎず、取次も経由していなかったけれど、前述したように書店や古本屋の店頭に置かれていたのである。それゆえに同人たちとの直接的面識はなくても、作品や評論を通じて、同時代の新しい書き手、表現者に出会うことができた。彼ら／彼女らはほとんどが若く無名であったにもかかわらず、それぞれが固有の才能を表出させ、また感じさせ、それらの作品や評論には既存の文芸誌や総合誌には見られないきらめきがあり、六〇年代から七〇年代にかけての特有なアドレッサンスの息吹きに充ちていた。しかし、現在の地点で、このようなニュアンスをトータルに、しかも正確に伝えることは難しいし、できないであろう。

　そしてまた彼ら／彼女らの中から文学者や評論家として、所謂世に出た人たちもかなりいるが、圧倒的に多くの人々が沈黙してしまったと思われる。その一方で、少なからずの自死も聞いているし、その遺稿集が編まれたことも知っている。だが生きながらも葬られたように沈黙してしまった人々、あの時代の紛れもない表現者であったにもかかわらず、作品集や著作集を残していない彼ら／彼女らは今どうしているのだろうか。それらの人たちの長い沈黙を畏れよう。それこそ同時代のスウェーデン映画のタイトルではないけれど、「みじかくも美しく燃え」ていたような、あの時代にしか開花しなかったのかもしれない固有の才能への畏怖の思いを忘れないようにしよう。

少しばかり前置きが長くなってしまったけれど、それはこの新木正人作品集の刊行も、こうした当時のリトルマガジンと新しい書き手の出現状況を抜きにして語れないからである。それらの人たちの筆頭に新木正人の名前を挙げることを躊躇しないし、それは擾乱の真っ只中で刊行されていたリトルマガジンの読者からすれば、多くの賛同を得るものだと確信できる。

そうした例を絓秀実の「『1968年の革命』史論」というサブタイトルを付した『革命的な、あまりに革命的な』（作品社、二〇〇三年）にも見出せる。その第1部「ニューレフトの誕生」において、絓はニューレフト的文脈と日本浪曼派と三島由紀夫問題にふれ、橋川文三が『日本浪曼派批判序説』の中で、農本主義者と異なる保田與重郎たちの「『故郷喪失』の感情は「故郷というものがわからぬ」都市インテリゲンツィアと通底すると述べたことに対し、それは「ロマン的イロニー」というかたちをとると指摘している。そして絓はそれに文脈的には唐突といってもいい一節をつなげていく。

ニューレフトが真に保田的（そして、ある意味では三島的）イロニーを思想的に自覚しえたのは、六八年革命のさなか新木正人という学生アクティヴィストの書き散らした見事な「雑文」を通してである。

これに続けて絓は、現在ニュースキャスター兼作家の亀和田武が「保田與重郎全集」（第二十七巻所収、講談社）の「月報」に寄せた「ポップ文化世代の保田体験」における、新木の「見事な〝雑文〟」との出会いに関する部分を引いている。こちらも同様に示してみる。

橋川文三はかつて保田與重郎の文体を指して「それは確かに異様な文章であった」「それはまさに私たちが見たこともなく、これから見ることもないような文章であった」と形容したが、私の場合なら、この新木正人という当時もそしてその後もほとんどその名を知られることのなかった人物の書いたものこそ、まさにそうした美しさといかがわしさとあやしさとを兼ね備えた種類の文章であった。

この亀和田の新木との出会いは『遠くまで行くんだ…』創刊号所収の「更級日記の少女　日本浪曼派についての試論」をめぐってのものである。そのようにして新木の「美しさといかがわしさとあやしさとを兼ね備えた種類の文章」を読んでいたのは亀和田だけではない。おそらく、かなり多くの読者を得ていて、あえて実名を挙げれば、『変蝕』によっていた加藤典洋たち、『情況』に黒木龍思名で文芸評論を書いていた笠井潔なども同様だったであろうし、それに橋本治や糸井重里の名前を挙げてもかまわないように思われる。

それらはともかく、このような絓と亀和田の証言からしても、当時の新木の一連の文章群の特異な位相の一端を垣間見ることができよう。なおその後『遠くまで行くんだ…』全六号は白順社から復刻に至り、そこには絓による「解説」が付されている。それに同誌の創刊に至る経緯と事情、発行人の小野田襄二の政治的スタンスと新木との関係、同誌に発表された作品や評論などの詳細はそちらに譲り、それ以上は立ち入らない。

ここでは一九七一年に『早稲田文学』二月号に発表された「天使の誘惑　南下不沈戦艦幻の大和」にふれてみたい。これも詳細は省くけれど、立松和平の慫慂によって『早稲田文学』に掲載されたものであり、私見によれば、この作品こそ新木が発表した最も完成度の高い「見事な〝雑文〟」だと思われる。それでいて、純然たるリトルマガジンの文芸誌に掲載されたこともあってか、『遠くまで行くんだ…』掲載のものと比して、ほとんど言及もなされず、転載、復刻もされてこなかった。したがって、この収録は半世紀近くを経てのものとなるし、初めて目にする読者も多いはずだ。ここには新木の「見事な〝雑文〟」と「〝美しさといかがわしさとあやしさとを兼ね備えた種類の文章〟」の特色のすべてが詰め込まれている。

「天使の誘惑」は、吉田満の『戦艦大和ノ最期』の記述と文体を模したゴチックのイントロダクション、「南下する幻の不沈戦艦を見たことがあります」と始められていく本文、メタファーに充ちたOからQへの呼び掛け、渋谷のミッションスクールの少女のイメージ、与謝野晶子の短歌の挿入、全学連第一七回大会のアジテーション、石原慎太郎の「処刑の部屋」と桶谷秀昭の「近代日本の反逆者」の引用、黛ジュンの「霧のかなたに」と「恋のハレルヤ」と続いていく。そして「日本はいま真夜中。日本の青春はもうとうに終わりました。食べているものは不安定です」とクロージングへと向かい、エピローグとして、再びゴチック記述で、「哀しく南下する不沈戦艦の幻」が召喚され、「天皇陛下万歳」の言葉とともに、閃光と天地を揺るがす大音響に包まれ、沈んでいく戦艦のイメージが刻印され、「天使の誘惑」は閉じられている。

ここにはその前年に起きた様々な出来事や事件の投影や表出をうかがえるにしても、何よりも全文を覆っているのは「自意識はすべてイロニー。すべてに込める意味もイロニー。いくらでも扱き下ろせるが決して逃れられないイロニー」に他ならない。それが保田と日本浪曼派を経由して、新木正人へと流れ込んだ「ロマン的イロニー」であることはいうまでもないだろう。

しかし、その後、新木の「ロマン的イロニー」がどのような行方と回路をたどらなければならなかったのか。それは今回書き下ろし収録することになった「自由意志とは潜在意識の奴隷にすぎないのか」や「ただの浪漫とただの理性がそこにころがっている」を参照してもらうしかない。新木とすれば「昔の名前で出ています」的に、一九七〇年代までの文章群をまとめ、レトロスペクティブ的一冊として刊行することもできたのだが、あえてそれを志向しなかったことに彼の現在的イロニーを想像してほしいと思う。

妄言を重ねるという羞恥の念を覚えつつ、これにて拙き解説を終えることにしよう。

［付記］

「結」に記されているように、新木は闘病中で、本書の上梓を待ち望んでいたが、それを見ることなく、逝ってしまった。

そのために棺には本書の初稿ゲラが添えられ、新木とともに荼毘に付された。

図らずも、本書は新木の遺稿集として刊行されることにもなる。ここに慎んで、その冥福を祈る。

あとがき

優れた翻訳家であり、編集者・評論家である小田光雄氏に感謝申し上げる。

同じく、この本のプロデュースをしてくれた田谷満氏、実務を引き受けてくれた金子知樹氏には、情況が情況だけに万感の想いで謝意を表わしたい。

そして、この本を出版していただいた論創社森下紀夫社長をはじめ同社の皆様へ心からの感謝を捧げたい。

２０１６年３月　新木正人

略歴
新木正人（しんき・まさと）
1946年8月13日　埼玉県大宮市生まれ
1968年　「遠くまで行くんだ…」編集委員会
1975年　「遠い意志」編集委員会
1981年　公立高等学校全日制課程教諭
1985年　公立高等学校定時制課程教諭
2001年　専門学校講師
2016年4月　死去

天使の誘惑

2016年6月20日　初版第1刷印刷
2016年6月30日　初版第1刷発行

著　者　新木正人
発行者　森下紀夫
発行所　論創社
東京都千代田区神田神保町2-23　北井ビル
tel. 03（3264）5254　fax. 03（3264）5232
web. http://www.ronso.co.jp/
振替口座　00160-1-155266

装幀／宗利淳一＋田中奈緒子
組版／フレックスアート
印刷・製本／中央精版印刷
ISBN978-4-8460-1532-9　

JASRAC　出　1604556-601